리턴 매치

노수미 지음

머리말

한 아이의 탄생을 둘러싼 신들의 재대결, 《리턴 매치》

한 아이가 세상에 태어나기까지 우리는 얼마나 많은 이야기를 잉태하고 있을까?

《리턴 매치》는 생명의 시작과 끝을 관장하는 두 신, 삼신할망과 저승할망의 오랜 신화를 현대적으로 재해석한 이야기이다.

삼신할망과 저승할망: 삶과 죽음의 여신들

삼신할망은 전통적으로 아이의 출생과 양육을 관장하는 여신이다. 미역국과 수수팥떡, 삼신상 같은 민간 신앙의 요소들은 모두 그녀의 존재를 기억하기 위한 의례적 실천이다. 산모가 아이를 낳을 때마다 "삼신할망이 지켜준다"라는 말은 단순한 위로가 아닌 신화적 믿음이었다.

반면, 저승할망은 죽음을 관장하는 여신이다. 신화에서는 삼신할망 자리를 놓고 동해 용왕의 철부지 딸과 명진국 대감 딸이 맞붙는 장면이 묘사되어 있다.

그때 옥황상제가 꽃씨 하나씩을 나눠주며, 서천 꽃밭에서 누가 더 꽃을 잘 키우는지 내기를 시켰다. 명진국 딸이 키운 꽃은 4만 5천6백 송이가 피었으나, 동해 용왕의 딸이 키운 꽃은 뿌리도 하나, 가지도 하나, 순도 고작 하나였다. 결국 명진국 딸이 삼신할망이 되고, 용왕의 딸은 저승의 아이들을 돌보는 저승할망이 되었다. 이 결과에 분노한 용왕의 딸은 명진국 딸의 꽃을 꺾어버리면서, 아기가 태어나면 백일 안에 온갖 병에 걸리도록 하겠다며, 원한을 불태운다. 그러자 명진국 딸이 삼신상에 올라오는 음식들을 함께 나눌 테니 그러지 말라고 먼저 화해의 손길을 내민다. 결국 둘은 함께 음식을 나눠 먹고 화해한다.

우리는 이 신화를 통해 죽음의 끝에 삶이 있고, 삶의 시작에는 죽음이 함께한다는 진실을 알게 된다. 결국 두 신은 각각 '삶의 시작'과 '삶의 끝'을 나눠 가진 채 오랜 기간 서로를 견제해 왔으며, 삼신할망 자리를 놓고 재대결을 펼칠 것이라는 상상도 해 본다.

신화의 현대적 각색: 청소년 한 부모에게 아기를 점지한 것은 삼신할망의 실수인가?

《리턴 매치》는 삶과 죽음을 관장하는 두 신이 한 생명을 사이에 두고 다시 맞붙는 신화적 재대결이자, 탄생의 책임과 의미를 묻는 인문학적 서사이다. 그리고 그 중심에는 열일곱 살, '은비'가 있다. 은비의 엄마는 청소년 한 부모였고, 은비는 주변 사람들이 이를 알게 될까 봐 늘 두려워한다.

이 이야기는 '누가 생명을 받을 자격이 있는가?'라는 물음 아래 아직 어리고 두려움에 떠는 청소년에게 생명을 안긴다면 이것은 '축복일까 아니면 형벌일까?'를 구체적으로 묻는다.

또한 두 신의 재대결이 단순한 자리싸움이 아니라, 생명을 둘러싼 가치관의 충돌임을 이야기한다. 그리고 생명을 점지하는 신도 언제나 옳은 선택만을 하는 전능한 존재가 아니며, 삼신할망 역시 삶의 무게와 책임의 방향에 대해 매 순간 고민하는 존재라는 것을 보여준다.

한 생명이 태어나는 이유는 그 누구도 쉽게 판단할 수 없다. 특히 그 주체가 청소년 한 부모라면 신조차도 흔들릴 수밖에 없다.

이 작품은 누군가의 출생이 또 다른 이의 구원이 되는 과정을 그리면서 우리 사회가 태어난 생명에 그 값어치를 계산하고 있는 것은 아닌지 되돌아보게 한다.

   이 책을 읽는 독자에게 묻는다. 삼신할망의 선택은 실수였을까, 아니면 세상을 향한 믿음이었을까?

2025년 9월
노수미

목차

머리말: 한 아이의 탄생을 둘러싼 신들의
재대결, 《리턴 매치》 4

1장

1. 편의점 저녁 알바 12
2. 엄마의 엄마 30
3. 삼신할망 38

2장

4. 새로 오신 선생님 48
5. 쓰레기 이가연 54
6. 횟집 아저씨 62
7. 임신 테스트기 70

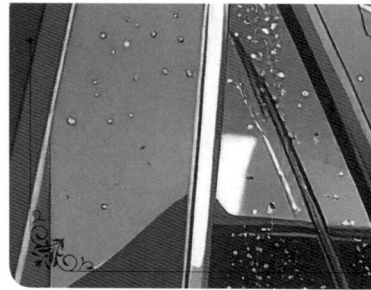

3장

8. 삼신할망과 저승할망 82
9. 재심 재판 92
10. 태몽 구슬 102
11. 태몽 택배의 수령인 112
12. 은비의 육신 118

4장

13. 다시 저승으로 128
14. 공명진혼북 138
15. 넋 들라! 148
16. 그 후 이야기 158

1. 편의점 저녁 알바

은비가 사장네 편의점에 아르바이트 면접하러 갔을 때, 카운터에는 키가 180센티미터 정도 되는 젊은 남자가 서 있었다. 까무잡잡한 피부에 이마를 훤히 드러낸 헤어스타일, 풍성한 편의점 알바 조끼로도 가릴 수 없는 단단한 근육을 봤을 때, 평범한 알바생은 아닌 듯했다. 그의 조끼엔 '직원 한수림'이라는 명찰이 달려 있었는데, 어딘가 신비로운 인상의 외모와 잘 어울리는 이름이었다.

'이미 알바 뽑은 건 아니겠지?'

은비는 침을 꿀꺽 삼키고는 들고 있던 전단을 슬쩍 내밀었다.

"이거, 여기 편의점 거 맞죠?"

전단엔 단호한 궁서체로 이렇게 적혀 있었다.

[편의점 저녁 알바 구인, 동종업계 최고 시급, 저녁 식사 및 간식 제공]

"응. 맞는데."

처음 보는 그 남자는 반말로 대답했다.

'뭐야.'

기분이 확 상했지만, 혹시 사장의 가족이거나 지인일지도 모른다는 생각에 은비는 최대한 밝게 웃으며 말했다.

"저녁 알바 지원하려고요. 아직 사람 안 뽑았죠?"

짧은 순간이었지만 은비의 가슴이 콩닥콩닥 뛰었다.

'이미 뽑았으면 어쩌지?'

그도 그럴 것이, 전단에 적힌 조건은 너무도 좋았다.

[고등학생 환영, 오후 6시부터 10시까지 하루 4시간 근무, 학업과 병행 가능, 시험 기간에는 무조건 휴가, 시험 성적에 따른 인센티브 지급]

은비가 긴장한 티가 났던 걸까? 수림이라는 이름표를 단 남자가 물었다.

"편의점에서 일해본 적 있어?"

은비의 얼굴이 굳었다. 이 한마디가 합격 여부를 결정할 수도 있으니 말이다. 고등학교 1학년인 은비에게 최초의 면접이자 어쩌면 마지막 면접 질문일 수도 있었다.

"그게…… 해 본 적은 없는데, 어린이 물물교환 장터에서 최고의 판매자로 뽑힌 적은 있어요."

수림은 이게 무슨 해괴한 대답인가 싶어 은비의 얼굴을 빤히 쳐다봤다.

"그러니까 제 말은…… 손님 응대도 잘하고, 돈 계산도 빠르고, 호객 행위도 자신 있다는 거죠. 여기 카운터에 있는 껌이나 초콜릿도 덤으로 판매할 수 있어요."

은비는 오른손을 들어 파이팅 포즈를 취했다. 수림은 피식 웃더니 몇 가지를 더 물었다.

"집은 어딘데?"

"근처예요. 저기 골목 입구 빌라요."

"알바는 왜 해? 공부할 시간도 없을 텐데."

"성형하려고요."

아차차! 은비는 얼른 손으로 입을 막았다. 고등학생이 알바비 모아서 성형한다는데 어떤 사장이 좋아하겠는가. 은비는 자책하듯 자신의 입을 손바닥으로 찰싹 때렸다.

"예쁜데 수술 같은 것은 뭐 하려 해?"

"예뻐지고 싶어서가 아니고요, 그냥 사정이 있어요. 더는 묻지 마세요."

혼자 북 치고 장구 치는 은비였다.

"알았어. 그런데 우리 사장님이 좀 특이한데 괜찮겠어?"

"특이해요? 어떤 점이요?"

"음…… 맨날 미역국을 끓여서 편의점으로 가져와. 그러면 알바들이 저녁밥으로 그 미역국을 먹어야 해. 남기지 말고 끝까지 다. 남기면 불호령이 떨어지거든."

참 특이한 사장이었다.

"그것 말고는요?"

"가끔 수수팥떡도 가져오는데 그것도 절대 남기면 안 돼! 음식 남기는 것을 세상에서 제일 싫어해."

수림이 말하는 사장님의 단점은 오히려 은비에게는 장점처럼 느껴졌다. 끼니까지 해결되다니, 이게 바로 꿩 먹고 알 먹기 아닌가.

"저, 미역국 좋아해요. 절대로 남기지 않고 다 먹을 수 있어요!"

이렇게 은비는 신나게 공약을 읊어댔다. 사장이 가져온다는 미역국이 무엇인지도 모른 채 말이다.

3개월 후, 이제는 신입 딱지를 뗀 은비는 미역국을 들고 온 사장을 향해 불평을 늘어놓는 중견 알바가 되어 있었다.

딸랑.

편의점 문에 달린 종이 울렸다.

'7시군.'

보지 않아도 알 수 있었다. 매일 저녁 7시, 사장은 미역국 냄비를 들고 편의점을 찾았다.

"은비야, 밥 먹자."

상을 차리는 사장의 등 뒤에서 은비는 생각했다.

'도대체 몇 살일까?'

사장은 도무지 나이를 가늠할 수 없는 얼굴이었다. 은색으로 탈색한 머리를 하나로 묶고 큼직한 비녀를 꽂았는데, 그 무게만 1킬로그램은 되어 보였다. 키는 은비만 했고, 얼굴도 주름 하나 없이 팽팽했다. 하지만 또 어떤 날에 보면 생각보다 나이가 많아 보이기도 했다.

'피부과에서 시술을 많이 받았나 봐. 하긴 이 건물도 사장님 거라며.'

사장은 이 건물 2층에 살며 프랜차이즈가 아닌 슈퍼형 편의점을 운영하고 있었다. 그러니 편의점에 손님이 하나도 없어도 전혀 개의치 않아 했다. 태풍 오면 손님이 없어서 더 좋다나.

"또 미역국이에요? 대체 몇 그릇째예요? 저녁밥으로 맨날 미역국만 주는 게 말이 돼요?"

사장은 코웃음을 치며 카운터 쪽으로 다가왔다.

"저녁밥까지 챙겨주는 내가 대단해 보이지는 않고?"

"야간 알바 귀한 거 모르시나 봐요? 제가 당장이라도 그만두면 사장님이 근무하실래요?"

"정확히 말하면 야간 알바는 아니지. 우리 가게는 10시에 문 닫는데 어떻게 야간 알바야? 그냥 저녁 알바지!"

이 편의점은 프랜차이즈가 아니라서 사장님이 원하는 시간에 문을 닫아도 된다고 했다. 하지만 이렇게 으슥하고 사람도

몇 명 안 다니는 골목에 있는 편의점에 일할 사람이 몇이나 되겠는가?

"제가 용감하니까 이 시간에 여길 지키는 거죠."

은비는 당당하게 고개를 쳐들었지만, 사실 속으론 좀 졸아 있었다. 저녁 내내 사람이라야 한두 명 올까 말까 한 이 골목 편의점은, 누가 봐도 완전 꿀알바였다. 또 고등학생을 알바로써 주는 곳이 거의 없다는 것을 은비도 알고 있었다. 그런데 사장이 그걸 눈치채고 '이제 너는 필요 없다'라고 할까 봐, 속으로 조마조마했다. 사실 수림만 있어도 될 정도로 매출은 형편없었다.

"알았어. 미역국이나 먹어."

사장은 은비 앞에 그릇을 척 내려놨다. 오늘은 세 그릇이었다. 소고기, 성게, 바지락미역국이다. 각각 다른 색깔과 다른 향이 나는 미역국을 세 그릇이나 먹어야 한다니, 은비는 벌써 불안해졌다.

"미역국 뷔페예요?"

사장은 눈을 새초롬하게 떴다.

"계약서 1조, 기억 안 나? '알바는 사장이 주는 음식을 다 먹는다!'"

"그래도 어떻게 맨날 미역국이에요? 미역국 못 먹고 죽은 귀신이 붙었나."

"귀신 이야기 함부로 하는 거 아니다."

"뭐래, 진짜······."

은비는 숟가락을 들어 가장 평범해 보이는 소고기미역국부터 한 숟갈 떴다. 그런데.

"와, 거의 바닷물인데요?"

짜도 너무 짰다. 혀끝이 얼얼할 정도였다.

이번엔 성게미역국. 비릿한 향이 훅 올라오더니, 묘하게 단맛이 났다.

"헉, 이건 또 왜 단 거야?"

바지락미역국은 더 황당했다. 거의 물이었다. 국이 아니라 그냥 미지근한 수돗물 느낌이었다.

"사장님, 이거 다 사장님이 끓인 거 맞아요? 맛이 제멋대로잖아요."

은비가 고개를 들어 묻자, 사장은 익숙한 듯 웃었다.

"내가 끓인 것은 아니고······. 이 미역국 끓인 사람들은 요리 학원에 다녀야겠는걸."

"누가 끓였는데요?"

은비의 짜증에도 사장은 그저 웃을 뿐이었다. 은비는 그나마 먹을 만한 성게미역국을 몇 숟가락 떴다.

그때 갑자기 바람이 훅 치더니 편의점 야외 테이블 의자가 몇 개 덜렁거렸다. 사장이 흠칫 놀라 고개를 돌렸다.

"동네 기운이 안 좋네."

"네?"

"은비야. 나는 지금 나가봐야 하니까 이 미역국 꼭! 다 먹어야 해. 알았지? 남기지 말고, 꼭!"

"나가신다고요? 알았어요."

은비는 갑자기 기분이 좋아졌다. 사장이 나가면 자유의 몸 아닌가.

"남기지 말고, 다 먹어야 해! 알았지?"

"알았다고요. 걱정하지 마세요. 그런데 몇 시에 오세요?"

"오래 걸리지는 않을 거야. 그런데 은비야, 오늘은 편의점 밖으로는 절대로 나가지 마."

"왜요?"

"바람이 이상해."

"사장님, 혹시 날씨 요정이에요?"

"장난치는 거 아니야. 혹시라도 무슨 일 생기면 안 되니까 여기 카운터에만 있어. 그리고 다른 사람이 만진 거, 절대로 만지지 말고."

"알겠다니까요."

은비는 건성으로 대답하고 얼른 가라며 손을 내저었다.

사장은 미덥지 않은지 자꾸 뒤를 돌아보았다. 사장이 눈앞에서 사라지자, 은비는 남은 미역국 세 그릇을 바라봤다.

'이 맛도 없는 것을 어떻게 먹어?'

좋은 생각이 난 은비는 국그릇을 들고 편의점 화장실로 직행했다. 그리고 변기 안에 미역국을 몽땅 부어버렸다.

띵!

카톡 알림음이 왔다. 은비는 스마트폰을 들어 내용을 확인하다가 멈칫했다. 정우였다.

- 너, 가연이랑 무슨 일 있냐? 혹시 나 때문이야?

은비는 한숨을 내쉬었다.

- 신경 쓰지 마셔. 아무 일도 아니니까.

사실이 아니었다. 하지만 이가연이 요즘 은비를 타깃으로 노리고 있다는 것을 정우에게 말할 수는 없었다.

- 그래? 나는 이가연이 자꾸 너희 반에 찾아간다고 해서. 그럼, 내일 스카 갈래? 담배 냄새 안 나는 스카 알아놨어.
- 알바가 있어.
- 알바는 저녁에만 한다며?
- 주말에는 계속해.

거짓말이었다. 하지만 정우의 끈질긴 카톡을 멈추려면 돌아가신 할머니의 칠순 잔치라도 억지로 만들어내야 했다.

– 알았어. 그럼, 중간고사 끝나고 떡볶이 먹으러 가자. 내가 쏠게.

어이가 없었다. 떡볶이 그거 얼마나 한다고 선심 쓰듯이 말하는 걸까? 정우는 늘 이런 식이다. 어릴 때 같은 빌라에 살 때도 그랬다. 마치 널리 인간을 이롭게 하는 게 존재 이유라도 되는 것처럼 말이다. 하지만 정우의 자비로움은 오직 은비에게만 적용되었다.

은비는 그 이유를 안다. 은비의 엄마가 '리틀 마마'이기 때문이다. 정우 엄마 표현처럼 '남들 공부할 때 쳐 놀다가 생각 없이 애나 싸지르는' 바로 그 고딩 엄마, 그게 바로 은비의 엄마다.

은비는 정우의 눈빛이 싫다. 본인이 마치 전지전능한 하느님이라도 되는 것처럼 은비를 바라본다. 그것은 시혜자의 눈빛이다. 위에서 아래로 은비를 내려다보는 눈빛 말이다.

정우가 은비에게 사귀자고 했을 때 은비는 다시 한번 그 눈빛과 마주했다. 은비를 도와주려는 자기를 지극히 사랑하는 나르시시스트의 눈빛, 정말 싫다.

은비는 변기 물을 내리면서 엄마에 대한 원망이 콸콸 솟아나는 걸 느꼈다.

'엄마는 왜 〈리틀 마마〉에 나가서는, 어휴.'

엄마가 〈리틀 마마〉 프로그램에 출연하지 않았다면 아무도 은비 엄마가 고등학생의 몸으로 혼자 은비를 낳았다는 것을 몰랐을 거다.

하지만 이제는 은비도 안다. 월세를 낼 수 없어서 살던 빌라에서 쫓겨날 위기에 처해 있을 때, 어린 엄마가 할 수 있었던 마지막 선택지는 쪽팔림을 감당하는 것밖에 없었다는 것을. 결심이 선 엄마는 바로 방송국 홈페이지에 출연 신청을 했다. 그리고 작가 언니들이 와서 인터뷰했고, 엄마와 은비는 촬영했으며, 고마운 사람들의 도움으로 지금 사는 집으로 이사 할 수 있었다. 하지만 이후 유튜브 댓글을 읽으며 두고두고 상처받는 것은 어린 은비가 감당하기에는 너무 큰 아픔이었다.

영상 속 아홉 살 박은비는 카메라를 향해 환히 웃었지만, 열일곱 살 박은비는 남들이 알아볼까 봐 늘 앞머리를 덥수룩하게 기르고 땅만 보며 걷는 아이가 되어 있었다.

변기 물이 빠져나가는 소리가 들리자, 은비가 변기 뚜껑을 들어 올려 안을 살폈다. 미처 빠져나가지 못한 작은 미역 하나가 변기 옆면에 붙어 있었다.

"아이, 더러워."

은비는 다시 물을 내렸다. 물은 회오리치듯 변기 안에서 몇 번 돌더니 그 작은 조각을 데리고 나가는 데 성공했다. 깨끗해진 변기를 보니 은비의 마음도 조금 개운해졌다.

'내 인생도 이렇게 순식간에 깨끗해지면 얼마나 좋을까?'

변기가 부럽기는 처음이었다.

─ 떡볶이 먹은 다음에 코노도 갈까?

은비의 답이 없어도 정우는 계속 카톡을 보냈다.

─ 네가 일하는 편의점 어디야? 무섭지 않아? 내가 같이 있어 줄까?

은비는 정우와의 카톡방을 무음으로 바꿨다.
'혼자서 떠들든지 말든지.'
기분이 안 좋을 때는 기분 좋을 일을 해야 한다. 은비가 세상에서 가장 좋아하는 것은 통장 잔고를 확인할 때다.
은비는 곧장 스마트폰의 은행 앱을 확인했다.
정확히 478만 7,200원. 곧 500만 원을 찍을 예정이다. 어릴 때부터 받은 용돈에, 석 달 전부터 꼬박꼬박 들어오는 알바비를 모은 이 돈은 지금 은비의 유일한 탈출구다.
'고3까지 안 잘리고 여기서 일해야 해. 수능 끝나자마자 얼굴을 다 뜯어고칠 거야!'
은비는 '앞트임을 하면 어떨까?' 생각해 보았다. 눈꼬리가 더 길어지고, 눈동자도 또렷해지겠지. 지금보다 더 '할 말 있어 보이는' 얼굴이 될지도 모른다. 쌍꺼풀은 너무 진하면 티 나니까 자연스럽게 하고 코랑 턱도 할 계획이다. 계속 고치다 보면 〈리틀 마마〉 프로그램 속 아홉 살 박은비가 아니라, 아무도 모르는 누군가가 되어 있을 것 같다. 그러다 보면, 어느 날은 거울 속의 자신이 낯설어지겠지. 그러면 대성공이다.

'아무도 기억하지 못할 얼굴, 딱 그 정도면 돼.'

인생을 리셋할 계획은 상상만으로도 즐거웠다.

성형뿐만 아니라 개명해서 이름도 바꿀 생각이다. 아홉 살 박은비의 이름과 얼굴이 모자이크 없이 그대로 방송된 후, 급식실의 조리사님들이 은비한테만 꼬마 돈가스를 더 줬다. 다른 애들은 3개씩 주는데 은비만 5개를 준 거다.

"왜 은비는 더 줘요?"

볼이 통통한 우준이가 질문인지 공격인지 알 수 없는 말을 했을 때 어른들은 서로 눈빛만 교환할 뿐 제대로 답을 주지 않았다.

'진짜로 새로 태어날 거야.'

고등학교를 졸업하고 돈이 다 모일 때까지 조용히 지내야 했다. 정우를 화나게 해서 학교에 소문이 퍼지게 할 수는 없었다. 특히 정우를 좋아하는 '쓰레기 이가연'한테 찍히면 제대로 학교 다니기 힘들 것이다. 애처럼 구는 정우를 달래가며 지내야 하는 요즘이 은비한테는 가장 힘든 시간이었다.

'배고픈데 핫바나 먹을까?'

은비는 핫바 하나를 가져와 전자레인지 안에 넣었다. 먹고 싶은 것은 뭐든지 먹어도 되는 사장의 직원 복지 정책 덕분이다.

띵!

데우기가 끝났다는 소리가 들렸다. 은비는 핫바를 꺼내려고 전자레인지 안으로 손을 집어넣었다.

'앗! 뜨, 뜨거워!'

너무 오래 돌렸나? 뜨겁게 달궈진 비닐에 깜짝 놀라 핫바를 떨어뜨리고 말았다. 허리를 굽혀 핫바를 집어 올리는데 야외 테이블 아래에 웅크리고 있는 고양이가 보였다.

'아이고, 야옹이 또 왔네.'

은비는 진열대에서 고양이 통조림을 집어 들고 밖으로 나가려다 문 앞에서 멈칫했다.

'사장님이 오늘은 나가지 말랬는데……'

하지만 고양이의 배고픈 눈빛에 더 마음이 갔다.

"뭔 일 있겠어. 바로 앞인데."

은비는 캔을 들고 유리문을 옆으로 밀었다. 고양이는 야외 테이블 아래에서 몸을 바짝 움츠린 채, 뭔가를 두려워하는 듯 움직이지 않았다.

"야옹아, 참치 왔다."

은비는 참치 캔 뚜껑을 따고 흔들었다. 하지만 고양이는 몸을 움츠리며 바라보기만 할 뿐 다가오지 않았다. 오히려 한 발짝 더 안쪽으로 물러났다.

그때였다.

"고양이가 겁이 많네."

낯선 목소리였다. 은비는 깜짝 놀라 고개를 홱 돌렸다.

한 여자가 바로 등 뒤에 그림자처럼 서 있었다. 처음 본 얼굴인데도 뚫어지게 쳐다볼 수밖에 없었다. 그 여자는 정말 예뻤다. 피부는 종이처럼 하얬고, 머리카락은 어둠 속에서도 윤기가 반짝였다. 눈동자는 너무 또렷해서, 눈을 마주친 순간 안을 꿰뚫는 기분이었다.

"여기서 일하니?"

"네."

"잘 됐다. 그럼, 음료 하나만 사다 줄 수 있어?"

"네?"

"지금 다리가 아파서 더는 못 걷겠거든. 카드 줄게."

그녀는 은비가 대답하기도 전에 신용카드를 내밀었다. 금박 테두리가 둘린 고급스러워 보이는 카드였다.

"어떤 거요?"

"아무거나. 1+1이면 더 좋고. 하나는 네가 마셔."

은비는 편의점 안으로 돌아가 1+1 오렌지주스를 사서 그녀에게 하나를 건넸다. 그녀는 주스를 받으며 부드럽게 웃었다.

"어려 보이는데 고등학생이니?"

"……네."

"몇 학년?"

"1학년이요."

그때 고양이가 낮게 그르릉 하는 소리를 냈다. 그녀는 고양이가 울어대도 아랑곳하지 않고 오렌지주스 병뚜껑을 돌렸다.

"너도 마셔."

오늘은 미역국을 먹지 않아서 그런지 오렌지주스가 평소보다 더 맛있어 보였다.

은비는 자기도 모르게 뚜껑을 따고 벌컥벌컥 음료를 마셨다. 그런 은비를 보며 그 여자는 만족스럽다는 듯 미소 지었다.

그녀는 이것저것 물었다. 공부는 힘들지 않은지, 알바하면서 피곤하지는 않은지, 다른 애들보다 뒤처지는 것 같아 불안하지는 않은지.

은비는 "네. 어쩔 수 없지요. 괜찮아요" 같은 단답형으로 대답했다. 하지만 왠지 마음은 편치 않았다. 은비라고 왜 미래가 불안하지 않겠는가. 하지만 다른 선택지가 없다고 생각했다. 인생을 리셋하는 것과 좋은 대학을 가는 것, 두 마리 토끼를 다 잡을 수는 없으니까.

오렌지주스를 다 마신 그녀가 나직한 목소리로 말했다.

"넌…… 착한 애 같아. 어른들 말 잘 듣지?"

그 순간, 은비의 입이 떨어지지 않았다. 그냥 눈치껏 맞춰주는 애, 튀지 않기 위해 가면을 쓰고 있는 애일 뿐인데 착해 보이나?

은비가 자기다워지는 순간은 딱 두 번, 엄마랑 싸울 때랑 사장님과 티격태격할 때뿐이다.

은비가 자기변명을 하려고 막 입을 열었을 때, 편의점 카운터에 있는 스마트폰이 울렸다. 문자가 온 모양이었다. 은비는 급히 카운터로 달려가 확인했다. 엄마였다.

- 내일 할머니 생신인 거 알지? 추모관 방문하는 거 예약해 놓았어.

은비는 한숨을 푹 쉬었다.
엄마는 할머니 추모관에 가는 걸 정말 중요하게 생각한다. 할머니 생일에도, 돌아가신 날에도, 엄마 생일에도, 명절에도 간다.
'가기 싫은데'라고 문자를 적던 은비는 차마 전송 버튼을 누르지 못했다. 그리고 잠시 바라만 보다가 지우고 새로 썼다.

- ㅇㅇ

은비의 긍정적인 대답에 엄마가 발그레 웃는 이모티콘을 보내왔다.
'어버이날 선물도 못 줬는데 효도한 셈 치지 뭐.'
은비는 문자창을 닫고 고개를 들었다. 얼핏 보니 야외 테이블에 아무도 없었다.

"뭐야?"

밖에 나가보니 테이블에 덩그러니 남겨진 건, 먹다 만 오렌지주스 병뿐이었다.

"분리수거도 안 하고 그냥 갔어? 이런 씨!"

그 여자가 먹고 남긴 주스를 음식물 쓰레기통에 따라 버리는데 은비의 손에 몇 방울 튀고 말았다.

"아이, 진짜!"

은비는 손을 바지에 쓱 닦고는 병은 분리수거함에 팍 던져 넣었다. 사장 말대로 편의점 밖으로 나가지 말 걸 그랬다.

2. 엄마의 엄마

은비가 추모관을 싫어하는 이유는 딱 하나다. 거기만 가면 엄마가 어린애가 되어 버리기 때문이다. 남들의 시선 따위는 안중에도 없다.

"엄마! 왜 나만 남겨놓고 갔어?"

이러면서 바닥에 주저앉아 펑펑 운다. 은비는 그럴 때마다 엄마를 일으켜 세우며 "부끄럽게 왜 이래?" 하며 주변을 휘휘 둘러본다. 엄마와 은비를 알아보는 사람이 있을까 봐 불안하다.

할머니는 엄마가 고등학교 1학년 때 교통사고로 돌아가셨다. 엄마랑 할머니, 둘만 살았는데 엄마는 하루아침에 고아가 된 거다. 하지만 그 사실이 엄마의 아기 같은 행동을 정당화시켜 줄 수는 없다. 엄마는 이제 어른 아닌가!

오늘도 은비는 추모관 입구에서 엄마 얼굴을 슬쩍 쳐다봤다. 들어가기 전부터 엄마의 눈동자에 커다란 눈물방울이 그렁그렁 걸려 있었다.

엄마는 직원분에게 추모 물품을 넣을 테니 안치단 문을 열어달라고 했다. 오늘도 편지를 써온 모양이다.

줄지어 늘어선 아파트처럼 생긴 안치단을 지나 할머니가 있는 곳에 다다르자, 직원이 전동 드릴로 나사를 풀고 유리문을 열어주었다. 엄마는 할머니 사진을 꺼내 얼굴 부분을 손으로 매만졌다.

"엄마! 나 왔어! 생일 축하해!"

엄마의 목소리에 점점 울음이 고였다.

"엄마, 우리 은비 봐봐. 은비가 벌써 고1이야. 잘 컸지?"

엄마는 은비 팔을 붙잡고는 할머니 사진 앞에 세웠다. 사진으로만 본 할머니는 익숙하면서도 낯설었다. 은비는 조용히 엄마의 팔을 빼냈다.

이 순간이 싫었다. 늘 누군가의 삶과 죽음 사이에 억지로 끼어 있는 것만 같았다.

은비는 고개를 돌려 다른 칸을 바라봤다. 깨끗하게 닦인 유리문 너머로 사진, 꽃, 과일 모형, 편지, 종교 부적 같은 추모 물품들이 빽빽이 들어차 있었다.

오늘따라 다른 고인들의 사진이 눈에 들어왔다. 다들 흰머리에 주름 가득한 노인이었다.

'우리 할머니만 너무 젊네.'

은비 엄마보다 살짝 더 나이 든 정도여서 언니라고 해도 믿을 정도였다. 할머니가 너무 일찍 돌아가셨다는 생각이 든 순간, 기분이 진짜 별로였다. 사람은 왜 태어난 순서대로 죽지 않는 걸까?

"엄마, 가자. 나 배고파."

은비는 엄마의 손을 잡아끌었다. 이대로 있다가는 늘 그렇듯 엄마가 바닥에 주저앉아 통곡할 게 뻔했다.

"조금만 더!"

엄마는 할머니 얼굴을 더 오래 보고 싶은 듯했다.

"배고프다니까. 짜장면 사준다며."

은비가 짜증을 내자 엄마가 알았다는 듯 고개를 끄덕였다.

잠시 후 엄마는 주머니에서 편지를 꺼내 조심스레 넣었다. 죽은 사람은 읽지도 못하는 편지를 왜 맨날 집어넣는 걸까?

은비도 어릴 때는 안치함에 편지를 넣었다.

[할머니, 보고 싶어요. 사랑해요.]

이런 내용이었다. 하지만 뭐, 엄마가 시켜서 한 거지 원해서 한 건 아니었다.

은비는 엄마가 마지막으로 할머니 사진을 쓰다듬는 것을 지켜보며 이 시간이 얼른 지나가길 기다렸다.

"그래, 가자!"

엄마가 조금은 가벼워진 목소리로 은비의 손을 붙잡았다. 그러다가 다시 뒤돌아 할머니를 보며 말했다.

"엄마! 또 올게."

떨어지지 않는 발걸음을 억지로 한 발 한 발 떼면서 엄마는 은비와 함께 건물 밖으로 나갔다.

건물 밖으로 나가자, 입구 쪽에 큼지막한 포스터가 붙어 있었다.

[추석맞이 풍등 행사 - 영혼을 태우고 내려오다]

관리인은 풍등 예약을 받고 있었다.

"5만 원입니다. 본인 이름이랑 고인 이름 적어주시면 되고요. 자정에 뜨는 풍등은 저승으로 직접 연결된다고 하죠. 저승으로 날아간 풍등이 영혼을 태우고 내려올 겁니다."

그 말에 은비는 피식 웃고 말았다.

'세상에 영혼이 어딨어. 죽으면 끝인 거지.'

엄마는 종이를 받아 들더니 반가운 얼굴을 했다.

"우리도 하나 띄우자. 할머니가 우릴 보러 내려올 수 있게."

"그걸 믿어? 다 상술이야."

"믿고 안 믿고가 아니라 마음의 문제지."

"우주여행도 하는 시대에 웬 풍등? 차라리 드론을 우주로 날려 보내라고 해."

엄마는 대답하지 않았다. 대신 할머니의 이름을 또박또박 적고 5만 원을 결제했다. 식당 주방에서 일하느라 거칠어진 손등이 괜히 쓸쓸해 보였다. 그걸 보니 더 짜증이 났다.

'저 돈으로 신발이나 하나 사지.'

은비는 엄마의 낡은 구두를 보며 고개를 돌려버렸다.

"짜장면 먹으러 가자."

엄마가 은비의 어깨를 툭 쳤다.

둘은 늘 가는 중국집으로 향했다. 이곳은 추모관 바로 옆에 있는 곳인데 할머니를 만나고 오면 항시 들르는 곳이었다. 중국집에 들어가자 익숙한 재스민차 냄새가 났다.

오늘은 창가 테이블이 비어 있었다. 자리에 앉자마자 메뉴판도 보지 않고 은비가 외쳤다.

"여기 짜장면 두 개요."

가장 저렴하고 빨리 나오니 고민할 필요도 없었다.

이곳은 은비가 어릴 적에도 맛집이었는데, 그때 주인아저씨가 걸어 놓은 신문 스크랩이 아직도 액자 안에 걸려 있었다. 액자는 '추모객들의 맛집'이라는 제목으로 누렇게 변색된 종이를 훈장처럼 품고 있었다.

단무지와 양파에 식초를 붓고 젓가락을 세팅하던 엄마가 머뭇거리며 말했다.

"은비야. 저기…… 있잖아. 〈리틀 마마〉에서 연락이 왔어."

나무젓가락의 종이 껍질을 벗기던 은비의 손이 자동으로 멈췄다.

"왜?"

"10주년 특집 한대."

"근데?"

"그동안 출연했던 사람들의 근황을 찍고 싶대."

은비의 심장이 덜컹 내려앉았다.

"그래서? 찍는다고 했어?"

"……어."

"엄마, 미쳤어? 관종이야? 거길 왜 또 나가?"

"그때 방송 나가고 우리를 도와준 분들이 많잖아. 그분들께 감사 인사를 드리고 싶어."

"그걸 뭐 하러 방송 나가서 해! 전화해서 고맙다고 하면 되지. 솔직히 말해봐. 돈 때문이지? 출연료 때문이잖아!"

은비가 소리를 빽 질렀다. 식당에 있던 사람들이 무슨 일인가 싶어 은비 쪽을 힐끔거렸다.

"아니야. 그런 거."

"그럼 나가지 마!"

"내일 작가가 식당으로 오기로 했어."

"전화해! 당장! 오지 말라고!"

은비가 폭주했다.

"엄마는 내가 왜 개명하고 성형하려는지 몰라? 나는 그 기억을 내 인생에서 지우려고 이렇게 노력하는데 엄마는 어떻게 거길…… 또…….."

갑자기 눈물이 차올랐다. 은비는 테이블 위 티슈 함에서 휴지를 확 잡아 빼내 눈물을 닦았다.

"은비야. 작가님이 그러는데 이번엔 다르대. 막 자극적이거나 그런 거 아니고 옛날 출연자들이 지금 어떻게 살고 있는지 잔잔하게 보여주는 거래."

"자극적이건 뭐건 간에 다 싫어! 8년 전 그 영상이 아직도 유튜브에 있어. 댓글도 계속 달려. '8년 후에도 보고 있는 사람 손!' 이러면서."

그때 직원이 짜장면을 가져왔다. 두 사람 사이에 짜장면 두 그릇이 어색하게 놓였다.

"그때랑 지금은 달라. 청소년 부모를 보는 시선도 많이 너그러워졌고 또……."

"뭐가 달라졌는데? 고등학생이 임신했다고 손뼉 쳐줘? 칭찬받아?"

분노한 은비의 두 눈은 흡사 호랑이의 그것과 같았다.

엄마가 방송에 나가면 '남들 공부할 때 쳐 놀다가 생각 없이 애나 싸지르는 인간' 같은 댓글이 또 달리겠지. 그리고 '그 생각 없이 싸지른 애'가 그 댓글을 읽으며 혼자서 상처받겠지.

더 생각할 것도 없었다. 은비는 벌떡 일어났다.

"어디 가?"

"안 먹어!"

"은비야!"

"내 인생은 엄마 돈벌이가 아니야. 그렇게 하고 싶으면 엄마 혼자 해. 그리고 다시는 나 볼 생각 하지 마!"

"그게 아니고……."

"됐어! 나는 내 인생에서 그 방송을 지우려고 노력하는데, 엄마는…… 엄마는 진짜 자기밖에 몰라. 나를 낳은 거부터 지금까지 전부 다!"

은비는 그대로 식당 문을 밀고 나왔다. 엄마가 이름을 부르는 게 등 뒤에서 들려왔지만 그대로 내달렸다.

추모관 앞 버스 정류장에서는 버스가 막 출발하려고 했다. 은비는 마구 달려가 앞문을 주먹으로 쾅쾅 내리쳤다.

버스 문이 열리자마자 기사 아저씨가 화를 벌컥 냈다.

"학생! 뭐 하는 거야! 위험하잖아!"

"죄송합니다."

은비는 고개를 숙인 채 서둘러 버스에 올라탔다.

자리에 앉자마자 고개를 돌려 창밖을 내다봤다. 엄마가 버스를 향해 손을 흔드는 게 보였다. 하지만 기사 아저씨는 그대로 출발해 버렸다. 보지 않아도 지금 엄마의 표정이 어떨지 알 수 있었다.

엄마와 은비 사이에 건널 수 없는 큰 강이 흐르는 느낌이었다.

3. 삼신할망

버스에서 내렸지만, 집에 가고 싶지 않았다.

엄마와 마주치면 또 한 번 분노가 터져 나올 것만 같았다. 학교에서도 편의점에서도 존재감 없이 조용히 있으려고 노력하는데 왜 엄마한테만 이 끝 모를 분노가 터져 나오는지 은비도 알 수 없었다.

은비는 발길을 돌려 편의점 쪽으로 향했다. 간판 조명이 나가서 어둑어둑한 편의점은 신기하게도 아늑하게 느껴졌다.

딸랑.

은비가 문을 열고 들어서자, 사장이 고개를 번쩍 들었다.

"오늘 쉬는 날 아니야? 할머니 추모관 간다며?"

"그러게요."

"왜? 엄마랑 또 싸웠어?"

"어떻게 아셨어요?"

은비가 씁쓸한 미소를 지었다.

"엄마랑 싸우고 오면 늘 그 표정이잖아."

"어떤 거요?"

"답답하고 또 한편으로는 미안한데 방법을 몰라 어쩔 줄 몰라 하는 표정."

"제가 그래요?"

은비는 스마트폰의 셀카 기능을 켜서 얼굴을 살펴봤다. 자기가 보기에는 그냥 좀 가라앉아 있는 표정일 뿐이었다.

"오늘 사장님 집에서 자도 돼요?"

은비가 손을 들어 천장 쪽을 가리켰다. 2층에 있는 사장의 집에서 하룻밤 묵을 수 있는지 청하는 거였다.

"안 돼!"

"아! 왜요?"

"청소를 안 해서 더러워."

"괜찮아요. 바퀴벌레만 없으면 돼요."

"바퀴 많아."

"거짓말!"

엄마보다 더 믿고 의지하는 사장이 단칼에 거절하자 섭섭하기만 했다.

"그러면 창고에서 잘래요."

그러면서 발 빠르게 폐지 수거하는 할아버지 가져가시라고 문 앞에 내놨던 박스를 도로 주워 왔다. 그 모습을 보던 사장이 한숨을 푹 쉬더니 말했다.

"엄마랑 심하게 싸웠나 보네. 알았어. 재워주마. 하지만 너희 엄마가 허락해야 해. 엄마가 안 된다고 하면 나도 절대 안 돼!"

"감사합니다."

은비의 얼굴에서 다행이라는 표정이 새어 나왔다.

사장은 휴대전화로 은비 엄마를 검색하더니 곧바로 전화했다. 은비는 물건을 재진열하는 척하면서 사장이랑 엄마가 통화하는 것을 엿들었다.

둘은 언제 그렇게 친해졌는지 하하 호호 웃어가며 수다까지 떨고 있었다.

"네, 그럼요. 아유, 불편하기는요. 은비가 워낙 명랑하잖아요."

은비는 제 귀를 의심했다. 태어나서 처음 듣는 말이었다. '명랑'하다니, 그건 은비에게 어울리는 단어가 아니었다. 고등학교에 입학한 지 3개월이나 되었지만, 아직 친구 한 명 사귀지 못했다. 물론 노력도 안 했다.

은비는 사장이 사람 보는 눈이 없다고 생각했다. 그래도 그 어색한 단어가 개명과 성형 후에는 자기 것이 되었으면 하고 바랐다.

엄마랑 이런저런 수다를 떨던 사장이 전화를 끊고는 은비를 향해 엄지손가락을 들어 올렸다.

"엄마가 흔쾌히 허락하셨다."

"알아요. 둘이 시끄럽게 떠드는데 어떻게 모를 수가 있어요?"

말투는 퉁명스러웠지만, 은비 기분도 나쁘지 않았다.

"손님도 없는데 문 닫자."

"벌써요?"

"오늘은 나도 피곤하네."

"알바비 벌고 싶어요. 한 시간만 더 해요."

"아이고, 그렇게 돈만 밝히면 나중에 인생 피폐해져. 쉴 땐 쉬어야지."

사장이 카운터 뒤에서 은비를 끌어내더니 등을 떠밀었다.

"얼른 가서 쉬자."

그렇게 해서 은비는 처음으로 건물 2층에 있는 사장의 집을 방문했다.

더럽다느니 바퀴벌레가 나온다느니 하며 겁을 줬지만, 집은 깔끔하고 단출했다. 신발을 벗고 들어가자, 허브 냄새가 은은하게 풍겼다.

"와, 깨끗하네요. 사장님 집치곤."

"칭찬이지?"

사장은 웃으며 찻주전자를 꺼내 보이차를 우렸다.

다른 사람의 집에 처음 가본 은비는 모든 게 신기했다.

긴장한 것을 감추려고 고개를 이리저리 돌리던 은비는 벽 한쪽에 있는 장식장을 발견했다. 오래된 원목으로 된 3단 장식장이었는데 매일 관리하는지 먼지 하나 없었다. 장식장 중간 선반에는 옥색 보자기로 덮인 무언가가 있었다. 호기심에 그것을 슬쩍 들춰보려던 은비의 손을 사장이 붙잡았다.

"이건 뭐예요?"

"아무것도 아니야."

"뭔데요?"

"몰라도 돼!"

사장의 말투가 평소보다 단호했다. 보자기를 붙잡은 은비의 손에서 힘이 스르르 빠져나갔다.

"알았어요. 안 볼게요."

하지만 하늘하늘한 보자기가 은비의 옷소매에 걸려 스르르 흘러내리고 말았다.

"어?"

은비는 보고 말았다. 보자기에 감춰진 것은 자그마한 솥단지와 하얀 실이 둘둘 감긴 실타래였다. 솥단지 뚜껑의 정중앙에는 옛날 한옥의 문틀에서나 볼 법한 격자 문양과 한자가 새겨져 있었다.

[三神]

"삼신?"

초등학교 때 방과 후 한자 수업을 6년 내내 들었고, 졸업할 무렵에는 한자 급수 4급을 땄던 은비에게 어렵지 않은 한자였다.

"이거 무슨 뜻이에요? 삼신?"

"응. 우리는 '삼신할망'이라고 부르지. 할망은 원래 '여신'이라는 뜻이거든."

"우리가 누군데요?"

사장의 얼굴에 당황한 기색이 역력했다. 하지만 은비는 알아채지 못한 채 흥분해서 마구 떠들어댔다.

"삼신할망이면 아기를 점지해 주고 지켜준다는 산부인과 여신, 맞죠?"

"참, 말도 저렴하다. 뭐 틀린 말은 아니지만."

"그런데 왜 이 솥이 여기에 있어요?"

"별거 아니야. 집안 어른이 물려주신 거야."

사장은 옥색 보자기로 다시 솥단지와 실타래를 덮었다.

"사장님도 골동품 가격 알려주는 프로그램에 나가보세요. 혹시 알아요? 상상하지도 못한 가격에 팔릴 수도 있잖아요."

"얘는 못 하는 소리가 없네. 이거나 마시고 얼른 자."

보이차가 담긴 찻잔을 건네던 사장이 은비를 향해 눈을 흘겼다.

그날 밤, 은비는 사장의 거실 바닥에 두꺼운 요를 깔고 누웠다. 집이 낯설어서 그런지 잠이 오지 않았다.

장식장 쪽에서 시선이 느껴지는 것 같았고, 보자기 아래에서 무언가가 천천히 숨을 쉬는 듯한 착각도 들었다.

'진짜 뭐지, 저거…….'

은비는 이불을 바짝 끌어당기며 눈을 감았다. 괜히 겁먹은 자신이 조금 창피하기도 했다.

'에이, 모르겠다. 잠이나 자자.'

속으로 그렇게 중얼거리며 몸을 휙 돌려 누웠다. 갑자기 이불이 포근하게 느껴졌고, 등 뒤에서 누군가 지켜주는 기분이 들었다. 묘하게 따뜻하고 든든했다.

은비는 눈을 뜨지 못할 만큼 깊은 잠에 빠져들었다.

4. 새로 오신 선생님

월요일 아침.

학교에 도착한 은비는 교실에 들어서자마자 삼삼오오 모여 떠들어 대는 아이들의 모습에 평소와는 다른 무거운 공기를 느꼈다.

'무슨 일이지?'

하지만 물어볼 자신은 없었다.

수학 문제집을 꺼내 풀고 있는데, 반장이 들어오더니 아이들을 향해 소리쳤다.

"선생님 의식 돌아왔대."

아이들이 환호했다. 모든 소식에서 소외된 은비는 이게 다 무슨 말일까, 궁금해서 뒷자리에 앉은 수빈에게 슬쩍 물었다.

"저기, 지금 반장이 뭐라고 하는 거야?"

"너 몰라? 금요일에 우리 선생님 사고 났잖아. 건널목 건너다가 뺑소니 차에 치였대."

예상치 못한 소식에 놀란 것도 모자라, 반 아이들 모두가 알고 있었던 일을 자기만 몰랐다는 사실에 은비는 더욱 슬펐다.

"의식이 돌아왔다니 다행이다."

은비는 애써 아무렇지도 않은 척하면서 다시 몸을 돌려 수학 문제집을 바라봤다. 하지만 숫자는 눈에 들어오지 않았고, 머리도 멍했다. 성형과 개명을 한다고 해서 혼자인 느낌마저 지워지는 건 아니니까.

드르륵!

앞문이 열리고 교감 선생님이 교실로 들어왔다. 삼삼오오 모여 있던 아이들은 조용히 자리로 돌아갔다. 교감 선생님은 교탁 앞에 서서 침울한 얼굴로 잠시 아이들을 둘러보았다.

"다들 알고 있겠지만, 담임 선생님께서 교통사고로 입원하셨다."

교감 선생님의 목소리는 낮고 무거웠다. 아이들은 조심스럽게 서로의 눈치를 살폈다. 교실 안에는 숨을 삼킨 듯한 정적이 감돌았다.

"그래서 임시로 수업을 맡아주실 선생님을 급히 모셨다."

아이들의 표정이 조금 풀어졌다. 임시 선생님이라는 말에 가벼운 호기심이 섞인 웅성거림이 번졌다.

교감 선생님은 열린 앞문 쪽으로 고개를 돌리며 외쳤다.

"도 선생님! 들어오세요."

미닫이문이 스르륵 열리고 빨간색 치맛자락이 보였다. 아이들의 시선은 자연스럽게 문에 고정됐다. 곧이어 교실로 들어선 사람은 모두의 예상과는 전혀 달랐다.

임시 선생님은 허리까지 내려오는 길고 까만 머리카락을 가졌고, 진한 빨간색 롱 치마는 걸음을 옮길 때마다 조용히 물결치듯 펄럭였다. 피부는 창백할 만큼 하얬고, 얼굴은 마치 걸 그룹 멤버처럼 눈에 띄게 예뻤다.

선생님의 손톱에는 반짝이는 파츠들이 장식되어 있었는데 몇몇 아이들은 그것을 가리키며 '멋지다'라고 감탄했다. 교실 안은 조용한 탄성과 감탄으로 물들었다.

교감 선생님은 임시 선생님에게 짧게 인사를 건넸고, 선생님은 부드러운 미소로 답하며 교탁 쪽으로 천천히 걸어왔다.

"도 선생님 덕분에 남은 수업 걱정은 덜었다. 다들 선생님 말씀 잘 듣도록."

교감 선생님은 짧은 당부만 남긴 채 교실을 빠져나갔다.

새 선생님은 전자칠판에 자신의 이름을 또박또박 적었다.

도용녀.

잠시 정적이 흘렀다. 아이들은 '용녀'라는 이름을 보자 어리둥절한 표정으로 '저게 뭐야?'라는 눈빛을 주고받았다. 시크한 도시 여자 같은 도 선생의 이미지와 민속촌 주모에게나 걸맞을 법한 이름은 도무지 어울리지 않았다. 아이들은 그 낯설고 촌스러운 이름과 세련된 외모의 선생님을 번갈아 쳐다보며, 터져 나오는 웃음을 참느라 애썼다.

"이름이 촌스럽지?"

도 선생은 전혀 당황하지 않고, 오히려 아이들의 반응을 즐기는 듯 여유로운 표정을 지었다.

"이름을 바꾸라는 말을 많이 듣긴 했지만, 부모님이 지어주신 소중한 이름이라 바꾸고 싶지 않았어."

아이들은 당당한 말투와 자신감 넘치는 태도에 자연스레 끌렸다. 교실 안은 어느새 묘한 긴장감과 호기심으로 가득 찼다.

"선생님도 과학 선생님이에요?"

"응, 맞아."

"처음부터 그게 꿈이었어요?"

"아니. 나는 아이가 세상에 무사히 태어나는 걸 돕고 싶었어."

"산부인과 의사요?"

"비슷하지."

아이들은 도 선생에게 궁금한 게 많았다.

그 와중에 은비는 교실 뒤편에 앉아 조용히 새 선생님의 얼굴을 바라보았다. 어디선가 본 듯한 낯설지만, 익숙한 얼굴이었다.

'누구였더라?'

순간, 금요일 저녁 편의점 앞에서 오렌지주스를 건네던 여자의 얼굴이 번쩍 떠올랐다. 그 여자의 목소리가 다시 은비의 귓가에 아른거리듯 울려 퍼졌다.

 넌…… 착한 애구나. 어른들 말 잘 듣지?

 순간, 도 선생과 은비의 눈이 정확히 마주쳤다. 등줄기를 타고 서늘한 기운이 흘렀다. 은비는 반사적으로 눈을 피했다.

5. 쓰레기 이가연

  도 선생은 금세 학교 전체의 유명인이 되었다. 모태 솔로로 소문난 체육 선생님마저 도 선생에게 관심이 있는지, 은비네 반 근처를 어슬렁거리는 일이 잦아졌다.
  은비네 반 주변을 얼쩡거리는 건 체육 선생님만이 아니었다. '쓰레기 이가연'도 틈만 나면 나타나, 은비를 남의 집 똥개 부르듯 불러댔다.
  '쓰레기'는 이가연의 별명, 아니, 호(號)다. 원래 유명한 사람 앞에는 호가 붙기 마련 아닌가. 퇴계 이황이나 율곡 이이처럼. 그게 하필 '쓰레기'라는 게 안타깝긴 하지만 말이다.
  점심시간이 끝나갈 무렵, 은비는 학교 도서관에서 책 한 권을 빌려 나왔다. 바로 그때, 도서관 문 앞을 지키고 서 있던 쓰레기 이가연이 은비를 불렀다.
  "야! 박은비!"
  은비는 깊은 한숨을 내쉬며 고개를 돌렸다.
  "왜! 또!"

이가연은 한쪽 입꼬리를 날카롭게 칼집처럼 올린 채 서 있었다. 번들거리는 노란색 염색 머리가 오늘따라 유난히 반짝였다.

"너! 우리 정우한테 꼬리 쳤다며?"

노려보는 눈빛에는 '답은 정해져 있고, 넌 대답만 하면 돼'라는 압박이 서려 있었다.

은비는 숨을 삼키듯 조용히 침을 꿀꺽 삼켰다.

"누가 그래? 정우가 그래?"

"그건 알 거 없고. 정우는 너 같은 애 안 좋아하거든."

어이가 없었다.

"내가 누굴 사귀든 말든 너는 신경 꺼."

"꼿꼿한 척하지 마. 네가 자꾸 이러니까 정우가 헷갈리잖아."

"그래? 그럼, 정우한테 전해줄래? 나는 걔 안 좋아한다고. 아니 정우뿐만 아니라 어떤 남자한테도 관심 없거든!"

은비가 등을 돌리며 가려던 그 순간, 이가연이 비웃듯 낄낄 웃어댔다.

"남자한테 관심이 없어? 웃기시네! 〈리틀 마마〉에 나온 박미애가 너희 엄마지?"

은비의 고막 뒤에서 딩, 하고 금속 타격음 같은 맥박이 울렸다. 피가 뺨으로, 귓불로 그리고 머리끝까지 쏠려, 온몸이 토마토처럼 벌게졌다.

"고등학생 주제에 임신이나 하고, 쯧쯧. 너희 엄마도 꽤 놀았나 봐."

"뭐?"

"어머, 발끈하시네? 역시 출생의 비밀은 건드리면 안 되는 건가? 너희 엄마 나온 그 영상, 우리 학교 단톡방에 쫙 뿌려야겠다."

그 순간, 은비는 손에 들고 있던 책을 힘껏 휘둘렀다. 책등이 이가연의 얼굴을 정통으로 강타했다.

"죽을 용기 있으면 더 떠들어 봐! 지껄여 보라고!"

은비는 이성의 끈을 놓아버렸다. 어느새 은비의 손은 바닥에 쓰러진 이가연의 머리채를 움켜쥐고 있었다. 손가락 사이로 탈색된 머리카락 몇 가닥이 뽑혀 나왔다.

번쩍!

스마트폰 플래시가 번쩍이는 순간, 은비는 반사적으로 고개를 들었다. 그리고 보았다. 이가연의 패거리들이 구석진 자리에서 실실 웃으며, 동영상을 찍고 있는 모습을.

'설마 이걸 노린 거야?'

자책과 분노가 한꺼번에 목구멍을 찔렀다. 그에 반해 이가연은 태연하게 옷에 묻은 먼지를 툭툭 털며 자리에서 일어섰다.

"오 마이 갓! 이를 어째! 이제는 학폭 증거 영상까지 생겨버렸잖아! 아니지, 이건 〈리틀 마마〉 영상 댓글에 링크 걸어야겠다. '리틀 마마의 딸, 학폭 가해자가 되다' 어때? 괜찮지?"

"이게!"

은비가 다시 달려들려는 순간, 장면을 목격한 도 선생이 걸어오며 외쳤다.

"뭐 하는 거야!"

도 선생이 등장하자 도서관 앞 복도는 순식간에 조용해졌다.

"너희들, 여기서 뭐 하는 거야?"

이가연은 아무 일 아니라는 듯 시치미를 떼며 대답했다.

"유튜브에 올릴 동영상 찍어요."

그러면서 양손을 맞잡고 억울하다는 제스처를 취했다.

"그래? 어떤 콘텐츠인데?"

도 선생이 낮고 단단한 목소리로 되묻자, 이가연이 눈을 반짝이며 말했다.

"학폭 예방 캠페인이요. 그렇지, 박은비?"

이가연의 목소리는 놀랄 만큼 또렷했지만, 미세하게 떨리는 콧등은 그녀의 속내를 완전히 감추지 못했다.

"그럼 나도 좀 볼까? 너희들의 아이디어가 궁금하네."

도 선생이 한 발 더 다가서자, 이가연의 표정이 눈에 띄게 굳었다. 패거리들도 당황한 듯 시선을 피하며 주위를 두리번거렸다.

"아직 촬영 중이에요."

이가연이 애써 태연한 척 말했지만, 도 선생은 곧장 받아쳤다.

"편집 전 원본을 보는 게 더 중요하지."

도 선생은 재빠르게 손을 뻗어 패거리 중 한 명이 들고 있던 휴대전화를 낚아채듯 빼앗았다.

"서…… 선생님!"

당황한 목소리가 터져 나왔지만, 이미 화면에는 지우지 못한 7초짜리 클립이 떠 있었다. 책으로 이가연의 얼굴을 내려치는 장면이었다.

짧고 묵직한 정적이 흘렀다. 도 선생이 휴대전화를 내려다보면서 냉랭하게 말했다.

"이게 캠페인이야?"

언성은 낮았지만, 그 안에는 날 선 분노가 서려 있었다.

들켰다는 걸 직감한 이가연은 순식간에 태도를 바꾸며 '거짓 읍소' 전략을 꺼내 들었다.

"저희는 잘못한 거 없어요. 박은비가 저를 먼저 때렸어요. 제 친구들이 증거 영상 찍은 건 그걸 보여주려고 한 거라니까요."

"그래? 그런데 왜 캠페인이라고 거짓말했어?"

도 선생의 물음에 이가연이 잠시 말을 더듬더니, 이내 억지 눈물을 머금은 표정으로 말했다.

"그건…… 박은비를 보호해 주려고요. 학폭으로 잘리면

중졸인데, 그러면 인생이 너무 불쌍하잖아요. 얘네 엄마처럼요."

이가연 패거리는 '중졸'을 비꼬듯 강조하며 실실 웃어댔다.

도 선생은 그런 이가연을 매서운 눈빛으로 응시했다. 입술을 꾹 다문 채 잠시 침묵하더니, 화를 누른 듯 낮고 단단한 목소리로 말했다.

"은비를 그렇게까지 생각해 주다니, 참 눈물겹네. 그렇다면 동영상까지 싹 다 지워야 진짜로 보호해 주는 거겠지?"

도 선생은 방금 촬영된 동영상을 삭제한 뒤, 휴지통까지 깨끗이 비워버렸다. 이가연 패거리 중 누군가 꿀꺽, 침 삼키는 소리가 흉하게 메아리쳤다.

"자! 받아."

도 선생의 단호한 어조에 이가연은 똥 씹은 표정을 지었다. 은비는 무릎이 풀리는 듯한 안도감을 느꼈다. 하지만 동시에 가슴 한 켠이 서늘했다. 이가연 패거리한테 물렸으니 남은 고등학교 생활이 가시밭길이 될 것 같은 예감 때문이었다.

"은비는 나랑 얘기 좀 하자."

도 선생이 조용히 말을 이었다. 그리고 은비를 데리고 과학실로 갔다. 과학실 창밖에는 해바라기들이 물결치듯 흔들리고 있었다. 은비는 후들거리는 다리를 진정시키며 간신히 의자에 앉았다.

선생님이 연둣빛이 도는 따뜻한 차를 건넸다.

"마음을 안정시키는 차야."

잔에서 퍼져 나오는 달콤한 레몬밤 향이 코끝을 간질였다. 그 은은한 향기에 은비의 마음은 괜히 울컥했다.

도 선생이 조심스럽게 물었다.

"가연이랑 왜 싸웠어?"

은비는 입을 꾹 다문 채 말이 없었다.

"말하기 싫으면 안 해도 돼. 선생님은 네가 먼저 시비 걸었을 거라고는 생각 안 해. 잘못은 가연이가 했겠지."

"그걸 어떻게 아세요? 저를 잘 모르시잖아요."

"아니지. 우리, 편의점에서 봤잖아."

선생님은 은비를 기억하고 있었다. 그러더니 인자한 미소를 지으며 부드럽게 말했다.

"그때 1+1 음료수 중에서 네가 가장 싼 걸 골라 왔잖아. 다른 애들 같았으면 제일 비싼 걸 들고 왔을걸. 너는 타인의 돈도 소중히 여길 줄 아는 사려 깊은 아이야. 그러니 함부로 다른 애랑 싸울 것 같지 않아."

그 말을 들은 순간, 은비의 두 눈에서 조용히 눈물이 흘러내렸다. 눈물방울이 찻잔 가장자리를 툭, 툭 두드리며 떨어졌다. 그리고 억눌러왔던 감정이 깊은 곳에서 터져 나와 은비는 끝내 꺼이꺼이 울음을 터트리고 말았다.

"은비야, 다 괜찮아. 네 잘못 아니야."

도 선생이 은비의 등을 조심스럽게 토닥였다. 얼마나 울었을까? 은비의 울음이 잦아들었을 때, 선생님은 은비의 마음을 달래주려는 듯 가방을 열어 작은 인형 하나를 꺼냈다. 손바닥만 한 키링으로 걱정 인형을 닮은 소박한 모습이었다.

"이거 내가 만든 인형인데 가방에 달고 다닐래? 얘가 네 걱정을 다 가져가 줄 거야."

도 선생의 따뜻한 말에 은비는 조심스럽게 인형을 받았다.

은비 대신 걱정을 맡아주는 존재가 있다면, 그저 감사할 따름이었다. 은비는 작은 인형을 조심스레 교복 주머니에 넣었다.

교실로 돌아가려는 은비를 향해 도 선생이 부드럽게 말을 건넸다.

"오늘은 엄마가 일하는 가게에 한번 가보는 게 어때? 엄마한테 억울했던 거 다 털어놓으면 마음이 풀릴지도 모르잖아."

엄마한테 가보라고? 늘 횟집 일로 지쳐있는 엄마가 반갑게 맞이해줄까? 은비의 마음은 여러모로 복잡했다.

6. 횟집 아저씨

엄마가 일하는 가게를 찾아간 것은 처음이었다. 전화를 미리 해볼까도 생각했지만, 늘 주방에서 손에 물을 묻히며 일하는 엄마가 전화를 받기는 어려울 것 같았다.
'그냥 엄마만 살짝 보고 와야지.'
처음 마음은 그랬다. 이가연에게 당한 상처가 커서 바로 편의점으로 일하러 갈 수가 없었다.

[진해 횟집]

엄마가 일하는 24시간 횟집 앞에 도착하자 은비의 심장이 조용히 두근거리기 시작했다.
은비는 횟집 입구에서 쭈뼛대며 들어갈까 말까 고민했다. 그때, 방수용 앞치마를 입은 한 남자가 가게 안에서 나오자, 은비는 얼른 수족관 쪽으로 고개를 돌리며 물고기를 구경하는 척했다. 남자는 잠자리채처럼 생긴 망으로 수조 안의 한치를 떠 올리다가 은비를 발견하고는 옆얼굴을 유심히 바라봤다.

"마이 닮았네."

억센 경상도 사투리에 은비는 자신도 모르게 고개를 퍼뜩 들었다.

"니, 내 아는 사람이랑 마이 닮았다카이."

은비는 깜짝 놀라 자기도 모르게 두 손으로 양 볼을 감쌌다. 그 순간, 아저씨의 두 눈이 휘둥그레졌다.

"니, 혹시?"

은비의 볼은 더욱 빨갛게 달아올랐다. 그 반응에 확신을 얻은 듯 아저씨는 다급하게 가게 안을 향해 소리쳤다.

"미애 씨, 미애 씨! 나와보소!"

잠시 후 안쪽에서 목소리가 들려왔다.

"왜요?"

아저씨의 다급한 목소리에 횟집 주방에서 엄마가 허겁지겁 뛰어나왔다. 엄마도 은비를 보고 두 눈이 커다래졌다.

"은비야, 어떻게 왔어?"

혼자 가게까지 찾아간 건 처음이니 엄마가 놀랄 만도 했다. 은비 엄마의 눈동자가 불안하게 움직였다.

"어디 아파? 아니면 학교에서 무슨 일 있었어?"

엄마는 은비의 머리부터 발끝까지 훑느라 정신없었다.

"미애 씨 딸 맞지요? 엄마 닮아서 이쁘네. 니, 밥 문나? 안

묵었제? 어여 온나. 밥부터 머꾸로."

아저씨의 호들갑스러운 환대에 은비는 마치 정신이 쏙 빠지는 듯했다.

"미애 씨. 야야 좋아하는 걸로 얼릉 차려주소."

아저씨는 은비의 등을 살짝 밀어 가게 안으로 안내했다. 그러고는 주방 바로 앞 테이블로 가 방석을 척 깔아두더니, 반찬 냉장고에서 이것저것 꺼내 접시에 담기 시작했다.

횟집 방석은 두껍고 푹신했지만, 은비의 마음은 불편하기만 했다. 에어컨이 펑펑 나왔지만, 은비는 머리끝까지 열이 오르는 듯했다. 잠시 뒤, 아저씨는 밑반찬을 상 위에 가지런히 올려놓은 후, 주방에서 젤리처럼 투명한 한치회를 들고 왔다.

"니, 한치 묵을 줄 아나? 요래 해가 고추장에 찍어 묵으면 된다카이."

아저씨는 익숙한 손놀림으로 한치 먹는 방법을 설명해 줬다. 은비는 살짝 부담스러웠지만, 고개를 끄덕였다. 그리고 아저씨가 알려준 대로 한치를 초고추장에 찍어 보았다.

미끄덩한 질감에 젓가락질이 쉽지 않아 중간에 몇 조각은 그만 접시 바닥으로 떨어졌다. 그래도 은비는 용기를 내어 겨우겨우 한 조각을 입에 넣고 조심스럽게 씹었다. 입안에서 퍼지는 쫀득한 식감과 매콤한 고추장 맛으로 왠지 모르게 마음이 조금 누그러졌다.

"아이고, 잘 묵네."

먹는 것 가지고 칭찬받을 나이는 아니었지만, 기분이 나쁘지는 않았다. 아저씨는 어느새 앞치마를 벗고는 은비 맞은편에 털썩 앉더니 이러저러한 반찬을 집어 은비의 앞접시에 하나씩 놓아주었다.

"이것도 함 묵어봐. 우리 가게 단호박 샐러드 맛 좋다고 소문났다 아이가."

아저씨는 노란 단호박 샐러드를 한 숟갈 퍼서 은비 앞에 놓으며 말했다. 그러면서 은비 엄마가 얼마나 일을 잘하는지 그리고 반찬을 얼마나 맛있게 만드는지 칭찬하기에 바빴다.

"미애 씨가 을매나 손맛이 좋은지 모른다."

무슨 말을 하든 꼭 "미애 씨가……"로 시작했다. 은비는 엄마가 엄마 이름으로 불리는 게 이상했다. 엄마는 늘 '은비 엄마'였는데.

또 '미애 씨'를 부르는 아저씨의 목소리는 주방에서 일하는 직원을 부르는 느낌이 아니었다. 거기에는 말로 표현하기 힘든 어떤 감정이 담겨 있었다.

'설마?'

은비는 한치를 오물오물 씹으며 머릿속에 떠오른 의심을 애써 지우려 했다.

'아니야, 아닐 거야. 그냥 아주 친한 거겠지.'

마침, 그때 엄마가 생선 매운탕이 담긴 냄비를 들고, 주방에서 나왔다.

아저씨는 익숙하게 휴대용 버너에 불을 켰다. 이미 한 차례 끓여낸 매운탕은 금세 보글보글 끓기 시작했고 얼큰한 냄새가 식탁 위에 퍼졌다.

"함 묵어봐라."

매운탕을 별로 좋아하지 않지만, 엄마의 정성을 생각해서 은비는 빨간 국물을 한 숟가락 떴다. 그런데 그 순간 은비는 보고 말았다. 아저씨가 엄마를 바라보며 짓는 말도 안 되게 다정한 미소를.

더는 부정할 수가 없었다. 아저씨는 엄마를 좋아한다. 그것도 아주 많이.

은비는 고개를 푹 숙인 채 매운탕만 마구마구 퍼먹었다. 두 사람을 바라볼 용기가 나지 않았다.

"아이고, 참말로 잘 묵네. 아! 내가 이럴 때가 아이지. 첨 봤는데 용돈도 안 주고 있카네."

아저씨는 갑자기 자리에서 벌떡 일어나더니 카운터 쪽으로 후다닥 달려갔다. 엄마가 한사코 거절했지만, 아저씨는 신사임당이 그려진 오만 원권 넉 장을 은비 손에 억지로 쥐여 줬다.

'아저씨가 왜 저한테 용돈을 줘요?'

이 말이 목구멍까지 올라왔지만, 은비는 최대한 억눌렀다. 그리고 고개를 숙이며 말했다.

"감사합니다."

아저씨가, 엄마와 자신 둘만의 공간에 조용히 들어와 버린 느낌이었다.

'침입자.'

이 단어가 떠올랐지만, 은비는 아저씨를 내쫓을 수 없었다. 엄마가 정말 오랜만에 행복해 보이는 미소를 짓고 있었으니까.

이미 밥 한 공기를 뚝딱 해치운 상태였기에 더 이상 자리에 앉아 있는 것이 괜스레 불편하고 거북했다.

"알바 갈 시간이에요."

은비는 '알바'라는 말을 방패처럼 앞세우며 자리에서 조용히 일어섰다.

아저씨는 무언가 숙제를 마친 사람처럼 후련한 표정으로 은비를 바라보며 말했다.

"돈 떨어지모 아무 때나 온나."

은비의 마음속에는 "왜요? 아저씨가 왜 저한테 용돈을 줘요? 혹시 저한테 잘 보이고 싶은 일이 있어요?"라는 질문이 뭉게뭉게 피어올랐다. 하지만 은비는 미소 지으며 고개를 끄덕였다.

은비는 버스 정류장을 향해 종종걸음으로 걸었다. 백팩이 살짝 흔들릴 때마다 인형 목에 달린 방울이 딸랑 소리를 냈다. 도 선생이 준 바로 그 걱정 인형이었다. 그러다 작은 방울이 톡, 떨어졌다.

딸랑.

은비가 알아챘을 때는 이미 방울이 인도를 따라 이어진 내리막길을 타고 작은 공처럼 데굴데굴 굴러가고 있었다.

"아, 안 돼!"

은비는 외마디를 내뱉고 곧장 방울을 쫓아 달리기 시작했다. 작고 은빛 나는 방울은 길가의 낮은 턱을 넘더니 좁은 골목 안으로 빠르게 굴러 들어갔다. 그러고는 진해 횟집 간판이 보이는 방향으로 속도를 점점 더 높이며 멈출 줄 모르고 나아갔다.

은비는 숨을 헐떡이며 달려가 간신히 방울을 두 손으로 움켜쥐었다.

"겨우 잡았네."

손에 쥔 방울을 가만히 들여다보며 숨을 고르고 있을 때였다. 바로 옆 골목에서 낮게 주고받는 말소리가 들려왔다. 귀에 익은 목소리였다.

"은비한테 언제 말할 끼고?"

은비의 눈이 크게 떠졌다. 가방을 품에 꼭 안고, 은비는 본능적으로 근처 담장 뒤로 몸을 숨겼다. 담장 너머로 엄마의 목소리가 작게 들렸다.

"대학 들어간 다음에요."

잠시 정적이 흘렀다. 낮고 굵은 남자의 목소리가 다시 들려왔다.

"아직 2년도 더 남았는데? 나는 미애 씨랑 빨리 결혼하고 싶다 아이가."

그 말에 은비는 손바닥으로 입을 틀어막았다. 손에 쥔 작은 방울에 땀이 찼다.

"은비 대학 갈 때까지만 비밀로 해줘요."

엄마는 아저씨에게 뭐라고 중얼거렸다. 아마 공부에 방해된다는 이야기 같았다.

'엄마가…… 재혼을……?'

은비의 머릿속이 하얘졌다. 더는 숨을 곳도 버틸 곳도 없었다. 은비는 담장을 짚고 몸을 일으키더니 그대로 반대쪽 골목으로 달아났다. 방울 소리가 손바닥 안에서 딸랑딸랑 울렸다. 마치 은비의 심장 소리를 따라 하는 것 같았다.

7. 임신 테스트기

그날 이후 은비는 엄마가 낯설게 느껴졌다. 엄마가 퇴근해 집에 오면, 일부러 이불 속에 들어가 잠든 척했다.

"은비야, 자니?"

엄마는 조용히 은비의 얼굴을 바라보다가 아무 말 없이 방문을 닫고 나갔다.

'엄마는 진짜 이기적인 사람이야.'

은비는 단단히 화가 나 있었다. 하지만 엄마에게 횟집 아저씨와 어떤 사이인지 물어볼 용기는 나지 않았다.

그렇게 마음이 복잡한 와중에 은비 앞에 또 한 번 회오리처럼 휘몰아치는 일이 닥쳤다. 학교에서 '임신 테스트기' 사건이 터진 것이다.

그날, 본관 3층 여자 화장실 세면대 위에 검은 봉지 하나가 놓여 있었다. 그리고 누군가가 그것을 열어본 게 시작이었다.

그 안에는 임신 테스트기 두 개가 들어 있었다. 둘 다 선명한 두 줄이었다. 그 소문은 점심시간이 채 끝나기도 전에 학교 전체로 퍼졌다.

"임신 테스트기가 두 줄이래. 우리 학교에 임신한 애 있는 거 아냐?"

"선생님 것일 수도 있잖아."

"선생님들은 3층 화장실 안 써."

"그렇다면 누구?"

남자 친구가 있고 소위 잘나간다는 애들 이름이 하나둘 거론되기 시작했다.

"○○이겠지?"

"아냐, 걔는 3개월 전에 헤어졌대."

"그럼, □□이야?"

서로 수군거리며 추측을 주고받는 사이, 이야기엔 점점 그럴듯한 살이 붙었다.

그날 밤, 이가연 무리가 있는 1학년 2반 단톡방에 누군가 글을 올렸다.

"그거 5반 박은비 거래. 내 친구가 봤대."

"헐, 진짜? 근데 걔 맨날 혼자 다니잖아."

"야! 친구 없다고 남자도 없겠냐? 얌전해 보이는 애들이 더 밝히더라. 그리고 이건 비밀인데……."

그러면서 유튜브에 올라와 있는 〈리틀 마마〉를 링크했다.

"박은비 엄마가 리틀 마마였대. 고딩 때 박은비 낳았다더라."

"헐! 대박!"

아이들이 은비가 아홉 살 때 출연했던 그 영상을 재생하느라 한동안 단톡방은 조용했다.

"진짜네. 박은비 맞네."

그때 이가연이 쐐기를 박듯 말했다.

"그 엄마에 그 딸이야."

이걸로 게임은 끝이었다. 임신 테스트기와 은비에 대한 소문은 삽시간에 학교 전체로 퍼졌다. 그 사실을 은비에게 처음 알려준 건, 그나마 은비와 약간의 친분이 있는 수빈이였다.

"은비야, 저기…… 너는 아직 모르는 것 같아서."

망설이던 수빈이는 결국 조심스럽게 입을 열었다. 은비는 며칠 전부터 급식실에서도, 복도에서도, 심지어 교실 안에서도 아이들의 이상한 시선을 느끼고 있었다. 그때는 그냥 기분 탓이겠거니 했지만 이제야 그 이유를 알 것 같았다.

"거짓말이야!"

은비의 양손이 부르르 떨렸다. 은비는 깊은숨을 들이쉬고 이가연네 교실 문을 밀고 들어갔다.

창가 쪽, 맨 뒷자리.

이가연과 그 패거리들이 책상을 둥글게 모으고, 다리를 꼰 채 앉아 있었다.

"야!"

은비가 숨이 잦아들기도 전에 소리쳤다. 이가연 무리가 동시에 고개를 돌렸다.

"주인공 등장."

"그러게, 타이밍 하나는 기가 막히네."

이가연은 한쪽 입꼬리를 비틀며 웃었다. 그 옆에 있던 다른 애들도 키득거렸다. 은비의 얼굴이 순식간에 새빨갛게 달아올랐다.

"네가 그랬어? 그 임신 테스트기 내 거라고? 네가 봤어? 봤냐고!"

은비의 목소리가 갈라지며 교실 벽에 울렸다. 순간, 교실이 잠깐 조용해졌다. 이가연은 혀를 차며 은비를 쳐다봤다.

"쯧쯧. 그걸 봐야 아냐? 피는 못 속이지."

은비의 눈동자가 흔들리더니 곧 이글거렸다.

"죽여버릴 거야!"

은비는 분노에 찬 눈빛으로 이가연을 향해 달려들었다. 앉아 있던 의자가 뒤로 넘어가면서 이가연은 그대로 바닥에 머리를 부딪혔다.

"이게, 죽을래? 진짜?"

이가연이 벌떡 일어나 은비의 머리채를 움켜잡았다.

"지금 누가 죽게 생겼나 볼까?"

이가연의 손바닥이 은비의 뺨을 세게 갈겼다.

찰싹!

또 찰싹!

은비의 얼굴이 순식간에 부어올랐다. 이가연은 아랑곳하지 않고 바닥에 넘어져 있는 책상 쪽으로 은비를 확 밀쳐버렸다. 책상 모서리에 아랫배를 심하게 부딪친 은비는 극심한 통증에 숨을 제대로 쉴 수 없었다. 아이들의 깔깔대는 소리가 은비의 귀에 어렴풋이 들려왔다.

그 순간, 복도 쪽에서 누군가 소리쳤다.

"선생님 오신다!"

반 아이 중 누군가가 선생님에게 알린 모양이었다. 이가연 무리의 손이 급하게 풀리며 움직임이 멈췄다.

"쟤 좀 봐, 혼자 미쳤어."

이가연은 마치 침을 뱉듯 '퉤'라고 하고는 무리를 끌고 교실 밖으로 나가버렸다.

은비는 바닥에 주저앉아 숨을 몰아쉬었다. 교실 창문 너머에서 쏟아지는 햇빛이 번져 보였다. 누군가 다가와 괜찮냐고 물었지만, 은비는 대답하지 못했다. 귀가 먹먹하고, 세상이 멀게 느껴졌다.

은비는 휘청거리며 몸을 일으켰다. 그 순간 벨 소리가 울렸고, 아이들은 자기 자리로 돌아가느라 바빴다.

'이따위 학교!'

은비는 뒤도 돌아보지 않고 달렸다. 계단을 지나 운동장을 가로질러 교문 밖으로 빠져나갔다.

오전 내내 먹구름으로 가득 차 있던 하늘은 비를 뿌려댔다.

쏟아지는 빗줄기가 은비의 어깨를 사정없이 내리쳤다. 뺨을 타고 흐르는 물줄기가 눈물인지, 빗물인지 알 수 없었다.

어디로 가야 할지 몰라 그냥 무조건 달리던 은비는 자동차 경적에 고개를 돌렸다.

빵빵!

은비 옆에 검은 자동차 한 대가 멈춰 섰다. 조수석 창문이 스르르 내려가더니, 도 선생의 얼굴이 빗물 너머로 나타났다.

"은비야! 얼른 타!"

은비는 잠시 멈칫했다.

"얼른 타라니까. 다 젖었잖아. 감기 들겠어."

도 선생은 한 손으로 핸들을 붙잡고, 다른 손으로는 어서 타라고 손짓했다. 은비는 축축하게 젖은 몸을 끌고 조심스레 차에 올라탔다. 따뜻한 실내 공기가 은비의 몸을 감싸안았다.

"선생님. 저, 여기 있는 거 어떻게 아셨어요?"

은비가 물었다. 목소리는 젖은 옷처럼 힘이 없었다.

"애들이 알려주더라. 네가 교문 밖으로 달려 나갔다고."

도 선생은 와이퍼가 빗물을 갈라내는 창밖을 잠시 바라보다가 조심스럽게 말했다. 은비의 어깨에서 빗물이 뚝뚝 떨어졌.

"일단 이걸로 닦아."

도 선생은 뒷좌석에서 수건 하나를 꺼내 건넸다. 수건에서는 은은한 라벤더 향이 났다. 은비는 조심스럽게 수건을 받아

들고 얼굴과 팔을 훔쳤다. 부드러운 촉감과 뺨에 닿은 따뜻함에, 마음 어딘가가 조금은 풀리는 듯했다.

"춥지? 조금만 가면 내가 아는 카페가 있어. 거기 가서 옷부터 말리자. 감기 걸리겠다."

차는 조용히 움직이기 시작했다. 빗소리는 여전히 거셌지만, 차 안은 마치 다른 세상처럼 평온했다.

도 선생이 히터를 세게 틀었다. 부르르 떨리던 은비의 어깨가 히터 바람에 조금씩 진정됐다.

"선생님도 그 얘기 들으셨어요?"

은비가 조심스럽게 물었다.

"어떤 얘기?"

"임신 테스트기요."

은비의 목소리가 점점 작아졌다.

"아, 3층 화장실에 있었다던 그거?"

"선생님, 그거요."

은비는 망설이다가 고개를 들었다.

"제 거 아니에요."

목소리가 떨렸다. 마치 누가 알아주길, 믿어주길 바라는 듯한 간절함이 묻어났다.

"알아. 가연이가 지난번 일 보복하려고 그랬겠지. 너한테 무슨 짓을 할지 몰라서 계속 마음이 불안했어."

"선생님은…… 알고 계셨어요?"

도 선생은 고개를 끄덕이며 부드럽게 미소 지었다.

"그럼, 나는 너를 믿는다고 했잖아."

그 말이 떨어지자마자 은비는 그대로 고개를 떨궜다. 억지로 참고 있던 울음이 터졌다. 차창 너머로 흐르는 빗방울처럼 은비의 눈물도 멈출 줄 몰랐다.

차는 천천히 골목을 벗어나 큰길로 들어섰다. 은비는 계속 흐느끼며 손등으로 눈물을 닦았다.

한참을 그렇게 있다가, 은비는 창밖으로 스쳐 지나가는 가로등과 잿빛 구름을 바라보며 나직이 중얼거렸다.

"선생님. 저는요, 제가 싫어요."

"왜?"

"저는 잘못 태어난 것 같아요. 그냥, 평범한 집에서 다시 태어나고 싶어요. 엄마랑 아빠가 다 있고, 아무도 우리 가족을 욕하지 않는 그런 집에서요."

은비의 목소리는 낮았고, 비에 젖은 안개처럼 흐릿하게 번졌다.

"제가 태어나지 않았다면, 엄마도 지금보다 행복했을 거예요. 횟집 아저씨랑 결혼도 하고요. 근데 제가 있어서 안 된대요. 전 그냥 엄마 인생에 걸림돌이에요."

도 선생은 앞 유리 와이퍼를 한참 바라보다가 입을 열었다.

"그럼…… 내가 도와줄까?"

"네?"

은비는 눈물 맺힌 눈으로 도 선생을 바라봤다.

"다시 태어나고 싶다며. 내가 그거, 해줄 수 있어."

은비는 도 선생이 농담하는 줄 알았다.

"그게 어떻게 돼요?"

도 선생은 의미를 알 수 없는 미소를 지었다.

"너는 아직 모르는 게 있어. 나는 사실 사람이 아니야. 신이지. 그것도 꽤 강한 힘을 가진 신."

도 선생의 눈빛이 묘하게 어두워졌다.

"그게…… 무슨 말씀이에요? 신이라니요. 저 지금 장난할 기분 아니거든요."

도 선생은 조수석 글로브박스를 열더니, 봉투 하나를 꺼냈다.

"내가 진짜 신이라는 것을 보여주지."

도 선생이 봉투를 자동차 천장 쪽으로 던졌다. 그런데 봉투가 바닥으로 떨어지지 않고 공중에 그대로 떠 있는 게 아닌가.

"이, 이거 뭐예요? 마술 아니고 진짜예요?"

"응. 진짜야. 그리고 나는 너를 환생시켜 줄 수 있어. 어때? 나랑 같이 할래?"

도 선생이 손가락을 까닥했다. 그러자 빛바랜 봉투 안에서 종이가 저 혼자 슬금슬금 밖으로 나왔다. 종이 위에는 다음과 같이 쓰여 있었다.

[영혼 위탁 계약서]

"여기에 서명만 하면 너는 다시 태어날 수 있어. 네가 원하는 그런 집에서 말이야. 하지만 한 가지 조건이 있지."

"그게 뭔데요?"

"내 재판의 증인이 되어줘야 해."

도 선생이 은비의 손에 펜을 쥐여 주었다. 은비의 손가락이 미세하게 떨렸다.

"여기에 사인만 하면 돼요?"

"응. 간단하지."

도 선생이 신이라는 사실을 받아들인 순간, 은비의 머릿속엔 오직 하나의 생각만이 가득했다.

'모든 걸 잊고, 새롭게 태어나고 싶어.'

사락!

펜촉이 종이 위를 지나갈 때, 세상은 멈춘 듯 조용했다. 서명이 끝나자, 도 선생의 눈빛이 번쩍였다.

"이제 눈을 감아봐."

목소리는 낯설게 낮고 차가웠다. 은비는 눈을 감았다. 도 선생의 손바닥이 은비의 이마에 닿았다. 순간, 은비의 머릿속 어딘가가 퍽! 하고 끊어졌다. 은비의 몸은 축 늘어졌고, 차 안에는 다시 고요한 빗소리만 남았다.

8. 삼신할망과 저승할망

 은비는 눈을 깜빡였다. 밝은 빛이 확 들어왔다. 소리가 나는 쪽으로 고개를 돌리니 어린아이 세 명이 자기를 가리키며 웃고 있었다. 은비는 고개를 들어 주변을 둘러보았다. 벽지에 커다란 꽃들이 점점이 그려져 있는, 낯설고 기이한 방이었다.
 "여긴 어디야?"
 은비가 아이들에게 물었다.
 "그것도 몰라? 저승이잖아. 절반만 죽은 사람이라 띨띨하네."
 아이들은 은비를 놀려댔다. 은비는 '절반만 죽었다'라는 말이 무슨 뜻인지 몰라 아이들의 얼굴을 멍하니 바라보았다. 그때, 갑자기 문이 열리며 도 선생이 나타났다.
 "선생님!"
 은비는 도 선생을 보자 반가운 마음에 손을 들었다. 그런데 도 선생의 얼굴이 급격하게 바뀌기 시작했다. 허리까지 내려오던 검은 생머리는 군데군데 탈색된 듯, 어느새 절반은 은색, 절반은 검은색이 되어버렸다. 그뿐만이 아니었다. 주름 하나 없던 얼굴에 잔주름이 늘어나며 나이가 몇 살인지 알 수 없을 정도로 변해갔다. 은비의 눈동자가 불안하게 흔들렸다.

"너 그동안 뭘 먹은 거냐? 왜 이승에 있는 네 몸이 아직도 살아있는 거지?"

달라진 말투에 은비는 저도 모르게 어깨를 움츠렸다.

"점심은 급식 먹고요. 알바할 때는 사장님이 미역국 주셨어요."

도 선생의 얼굴에 분노가 피어올랐다.

"뭐? 삼신상에 올라가는 음식을 너한테 먹였다고? 삼신이 머리를 썼군. 그런다고 나를 막을 수 있을 것 같아? 어차피 그 음식들이 너를 지켜주는 것은 고작 일주일이야."

은비는 그게 무슨 말인가 싶어 고개를 갸웃했다.

그때 아이들이 급하게 달려왔다.

"저승할망 님! 큰일 났어요! 삼신…… 삼신…… 할망 님께서 오셨습니다."

아이들은 도 선생을 '저승할망'이라고 불렀다. 삼신할망이 왔다는 소리에 도 선생의 얼굴이 창백하게 변했다.

"저승할망! 오랜만이외다."

은비는 익숙한 목소리에 자기도 모르게 고개를 돌렸다. 문 앞에 서 있는 사람을 본 순간, 은비의 두 눈은 왕사탕만큼 커다래졌다. 거기에는 편의점 사장이 서 있는 게 아닌가!

"사장님! 왜 여기 계세요?"

은비는 사장을 보고 입을 다물지 못했다. 노래 가사처럼 '네가 왜 거기서 나와?'라는 표현이 딱 맞는 상황이었다.

사장은 옷차림도 달라져 있었다. 편의점 로고가 찍힌 조끼와 청바지를 입은 모습만 보다가 사뭇 다른 차림새를 보니 영 딴판이었다. 하얀 바지, 남색 저고리에 자주색 치마를 입으니 훨씬 나이가 들어 보였다. 그뿐만이 아니었다. 머리카락을 하나로 묶어 올려 보석이 잔뜩 박힌 비녀를 꽂으니 왠지 고귀한 사람의 아우라까지 느껴졌다.

은비는 사장에게 말하려고 입을 열었다가 바로 다물어버렸다. 사장이 은비를 향해 눈을 깜빡이며 신호를 보냈는데, 그 눈빛은 마치 '말하지 마!'라고 하는 듯했다. 은비는 그 뜻을 이해하고 말을 삼켰다. 그리고 은비를 감시하고 있는 저승할망의 호위무사들에게서 뿜어져 나오는 기운에 저절로 몸이 움츠러들기도 했다.

도 선생의 호위무사는 세 명이었는데, 모두 머리를 단정하게 하나로 묶은 후 한 올도 흘러내리지 않도록 빳빳하게 고정했으며, 합기도할 때 입는 것 같은 검은 옷을 입고 있었다.

그 순간, 도 선생은 차갑게 말을 이었다.

"어서 오세요. 삼신! 이곳은 나의 영역이오만. 손님이 연락도 없이 무단으로 방문하는 건 어디서 배운 예의범절이랍니까?"

도 선생은 사장을 '삼신'이라 불렀다. 은비는 방 안 공기가 갑자기 싸늘해진 것을 느꼈다. 도 선생이 '예의범절' 운운하자 사장의 옷에 달린 하얀 천이 사르르 떨기 시작하며 분노를 표출하는 듯했다.

하지만 사장은 온화한 표정을 지은 채 말했다.

"저 아이 말입니다. 왜 산 사람이 저승에 있습니까? 산 사람은 저승에 올 수 없는 거 모르십니까?"

"저 아이는 제게 영혼을 맡겼습니다. 그러니 저 아이의 영혼은 이제 제 손안에 있습니다."

"생명은 계약의 대상이 아닙니다. 선생의 지위를 이용해서 아이에게 영혼을 맡기라는 건 협박입니다. 부끄럽지도 않습니까?"

도 선생은 피식 웃더니 대답했다.

"삼신은 지금 저 애가 이곳에 있어서 질투가 나나 봅니다. 하하."

사장은 분노를 억누르며 소리쳤다.

"저승할망! 저 애는 이제 겨우 열일곱 살입니다. 아직 살아야 할 날이 많다고요. 당신의 개인적인 야욕 때문에 저 애의 생명을 좌지우지하는 것을 나는 용납할 수 없소."

분노한 것은 도 선생도 마찬가지였다.

"삼신! 이렇게 제 처소에 들락거릴 시간에 재판 준비나 하십시오. 제가 듣기로는 제 증인을 빼돌리려고 온갖 수를 쓰셨던 것 같은데 이를 어쩌지요? 저 애는 삼신보다 저를 더 믿었습니다."

은비는 사장이 어금니를 꽉 무는 게 보였다.

"삼신! 이건 제가 삼신이 걱정되어서 하는 말입니다만, 이승에서 편의점을 운영할 만큼 요즘 서천 꽃밭 사정이 어렵습니까? 아! 요즘 저출생이라 삼신상을 차리는 산모들이 많이 없지요? 그래서 미역국이랑 수수팥떡도 예전처럼 올라오지 않고요. 안 그렇습니까? 먹고 살기 힘들면 얘기하세요. 제가 쌀 몇 가마 정도는 보내드리지요."

이렇게 말하는 도 선생의 얼굴에는 비웃음이 가득했다. 사장의 얼굴은 분노로 벌게져 있었다.

둘의 대화를 들은 뒤에야 은비는 흩어진 퍼즐이 맞춰지는 느낌을 받았다. 그동안 자신이 먹어 온 미역국이, 아이를 출산한 산모나 어린아이를 둔 부모들이 삼신할망에게 올리는 음식이었다는 사실을 깨달은 것이다. 그래서 매번 미역국 맛이 그렇게도 달랐던 것이다.

사장이 은비 쪽으로 한 발짝 다가오자, 검은 옷의 호위무사들이 사장을 막아섰다.

"이곳에서 소란을 피우면 삼신을 옥황상제에게 고발하겠소."

도 선생의 협박에 사장은 어쩔 수 없이 긴 한숨을 쉬고는 그대로 물러갈 수밖에 없었다.

사장이 떠나자, 도 선생도 재판 준비를 해야 한다며 자리를 떴다. 그 둘이 사라지자 은비는 드디어 궁금한 것을 물을 수 있었다.

"우리 사장님이 진짜 삼신할망이야?"

저승 아이들은 고개를 끄덕였다.

"그럼, 우리 선생님이랑 삼신할망은 왜 사이가 나빠?"

가장 나이가 많아 보이는 아이가 두 손을 모으고 조용히 입을 열었다.

"옛날 옛적, 삼신할망 자리를 놓고 두 사람이 대결을 벌였대. 그때 옥황상제가 꽃씨 하나를 주면서 저승의 모래밭에 심으라고 했대."

그러자 다른 아이가 낮은 목소리로 덧붙였다.

"그 모래밭에서 꽃을 더 많이 피운 사람에게 생명을 점지할 자격을 주겠다고 했대."

은비는 숨을 죽였다. 아이의 목소리는 오래된 전설을 읊조리듯 낮고 단단했다.

"그때 삼신할망과 저승할망, 둘 다 새로 태어날 아이들의 운명을 품을 권리를 원했어. 서로 자기가 잘할 수 있다고 믿었거든."

다른 아이가 이야기를 이어받았다.

"그래서 옥황상제가 둘을 모래밭으로 불러냈대. 바람이 사나워서 눈도 못 뜰 만큼 모래가 휘날렸다고 해. 그 안에서 두 할망은 각자 모래에 꽃씨를 심고, 누가 먼저 꽃을 피우는지 겨뤘대."

가장 나이가 많아 보이던 아이는 조용히 숨을 고르더니, 손바닥을 모래알처럼 살살 비볐다.

"저승할망의 모래밭에서는 단 한 송이 꽃만 피었대. 하지만 삼신할망의 모래밭에서는 무려 4만 5천6백 송이의 꽃이 피었지. 그 대결에서 이긴 삼신할망이 서천 꽃밭을 관리하면서 새 생명을 점지하는 능력을 갖추게 된 거야. 그리고 저승할망은 우리처럼 세상을 일찍 떠난 아기들의 영혼을 돌보는 일을 하게 되었지."

한참을 조용히 듣고 있던 은비가 나직이 물었다.

"그럼, 저승할망은 왜 나를 이곳으로 데려온 거야?"

"재심 재판을 하려고. 아직도 저승할망은 그때 자기가 졌다는 걸 인정하지 않아. 그래서 지금 삼신할망이 자격이 없다는 것을 증명해서 스스로 삼신할망이 되려고 하는 거야."

재심 재판?

그 순간 은비는 도 선생이 영혼 위탁 계약서를 받아 들고 중얼거리던 말이 떠올랐다.

"리턴 매치다."

그날 밤, 도 선생이 은비를 모래 온실로 불렀다. 온실은 도 선생의 영토 가장자리에 자리하고 있었다. 호위무사의 안내를 따라 길을 걷던 은비는, 막상 도착해 보니 밖에서 본 것과는 비교도 안 될 만큼 웅장한 온실의 규모에 깜짝 놀랐다.

문을 열고 들어서자, 부드러운 모래 냄새와 은은한 꽃향기가 공기 속으로 스며들며 은비의 코끝을 간질였다.

온실 안, 넓게 펼쳐진 모래밭 위에는 하얀 꽃들이 들판처럼 피어 있었다.

도 선생은 허리를 굽혀 작은 모래언덕 위의 꽃잎을 조심스레 쓰다듬었다.

"이제 나는 그 어떤 척박한 모래 속에서도 꽃을 피울 수 있어. 옛날엔 졌지만, 이번에는 달라."

은비는 조심스럽게 다가가 모래 위로 시선을 떨궜다. 모래 위에서 부드럽게 핀 꽃잎이 파르르 떨리는 게 보였다.

"멋져요."

도 선생의 입꼬리가 희미하게 올라갔다.

"이번 재대결에서 내가 이기면, 삼신할망 자리는 내 것이 된다. 그러면 너도 다시 태어날 기회를 얻게 될 거야."

"선생님이 삼신할망이 되어야만 제가 환생할 수 있는 거예요?"

"그래, 생명을 점지하는 것은 삼신할망의 고유한 권한이니까."

"그럼, 재판에서 지면 저는 어떻게 되는 거예요? 다시 이승으로 돌아가요?"

"아니, 이승의 네 육신은 지금 식물인간 상태야. 얼마나 버틸 수 있을지는 아무도 몰라. 재판에서 지면…… 네 영혼은 그냥 소멸할 수도 있어."

갑자기 오리발을 내미는 도 선생의 태도에 당황한 은비는 소리를 질렀다.

"뭐라고요? 약속이 다르잖아요. 좋은 집에서 환생시켜 준다면서요!"

도 선생은 은비의 반응을 예상했다는 듯 차분하지만 단호하게 말했다.

"정신 차려, 은비야. 이건 우리의 싸움이야. 너도 원하는 게 있고 나도 원하는 게 있잖아. 우리는 같은 배를 탔어. 이 재판에서 이기려면 너와 내가 힘을 합쳐야 해."

맞는 말이어서 반박할 수가 없었다.

"그럼, 제가 재판에서 무슨 얘기를 하면 되는데요?"

조금 누그러진 은비의 목소리에 도 선생이 의미심장한 미소를 지으며 말했다.

"아무 말도 할 필요 없어. 네 존재 자체가 삼신의 무능력을 입증할 증거니까."

저승에서도 은비는 '잘못 태어난 생명'일 뿐이었다. 은비의 마음이 조금씩 식어갔다.

9. 재심 재판

저승의 밤하늘은 보랏빛이었다. 별 하나 없이, 흐르지 않는 시간이 고요하게 저승을 감싸고 있었다.

밤이 되자, 편의점 뒷골목을 연상케 하는 어두컴컴한 길을 헤치고 저승차사가 은비를 찾아왔다. 차사는 은비 앞에 종이 한 장을 내밀었다.

"옥황상제의 명이다. 이번 재판의 증인으로 출석하라는 소환장이다."

차사는 짧게 목례만 하고 뒤돌아섰다. 하지만 은비에게는 그의 얼굴과 목소리가 낯설지 않았다.

"혹시 수림 아저씨?"

진짜였다. 이승에 있을 때는 편의점 조끼 차림이라 미처 몰랐지만, 검은 제복을 입은 모습은 전혀 다른 사람처럼 보였다.

"이제야 알아보네."

수림이 멋쩍은 듯 웃었다.

"왜 여기 있어요? 혹시 아저씨도 신이에요?"

"늦게도 알아본다. 나는 삼신할망과 함께 서천 꽃밭을 관리하는 꽃감관이야. 서천 꽃밭에 일이 없을 때는 이렇게 옥황상제 심부름도 하지."

"그럼, 편의점 알바는 뭔데요?"

"그건 삼신할망이 부탁한 거야. 너를 지켜달라고."

은비는 자신을 둘러싼 존재들이 오래전부터 이 대결을 준비해 왔다는 것에 또 한 번 놀라고 말았다.

"그리고 이것은 혼자 있을 때 읽어."

수림은 은비의 손에 작은 종이를 쥐여 줬다. 그것을 받는 은비의 손끝이 떨렸다. 누군가 다가오는 발소리가 들리자, 수림은 빠르게 큰 소리로 말했다.

"옥황상제의 소환장은 잘 읽어보도록."

그러고는 급히 은비에게 등을 돌리며 사라졌다.

은비는 주먹을 꽉 쥔 채 아무 일도 없었다는 듯 자신의 방으로 들어갔다. 그리고 인기척이 없는 것을 확인한 후, 종이를 펼쳤다. 익숙한 글씨가 눈에 들어왔다. 사장의 손 글씨였다.

[너는 이승으로 돌아가야 해. 그게 너를 위한 길이야.]

은비는 벽에 등을 댄 채 주저앉았다. 사장도, 도 선생도 결국은 자기 이익을 위해 은비를 이용하는 것만 같았다. 은비의 마음은 무겁고 혼란스러웠다. 도대체 누구를 믿어야 하고 누구 편에 서야 할지 알 수가 없었다.

오전 0시.

이승에서 모두가 잠든 시간에 저승 재판이 시작되었다.

처음 보는 저승차사가 은비를 데리러 왔다. 재판장에 도착하자, 눈부신 백금빛 판석 위에 사장과 도 선생이 서로 거리를 두고 마주 서 있는 게 보였다.

정중앙에는 저승의 판관들이 엄숙하게 앉아 있었고, 그 뒤로 저승차사들이 일렬로 늘어서 있었다.

은비는 '증인석'이라 적힌 의자에 앉아 재판이 시작되기를 기다렸다.

"옥황상제님이 오셨습니다."

제일 키가 큰 판관의 목소리가 장내에 낭랑하게 울려 퍼졌다. 은비는 조심스레 고개를 내밀고 옥황상제가 천천히 걸어오는 모습을 지켜보았다.

옥황상제는 간이 안 좋은 사람처럼 얼굴빛이 검었다. 또 붉은 갑옷처럼 보이는 옷을 걸친 모습은 전장의 장수 같은 인상을 풍겼다.

"다들 오랜만이오. 이렇게 다시 대결하는 게 삼천 년 만인가요?"

옥황상제는 도 선생과 사장의 손을 차례로 맞잡았다. 그러다 증인석에 앉아 있는 은비를 발견하자 흠, 하고 낮게 소리내며 물었다.

"이 아이가 바로 그 아이요?"

도 선생이 고개를 끄덕였다.

"삼신할망의 과오를 밝혀줄 아이입니다."

"말도 안 됩니다, 옥황상제님. 저는 삼천 년 동안 삼신할망으로 일해왔지만, 단 한 번도 아이를 잘못 점지한 적이 없었습니다."

두 사람의 목소리가 공중에서 날카롭게 부딪히자, 옥황상제가 그들을 만류하며 날카롭게 말했다.

"조용조용! 모든 건 재판에서 따집시다."

그러면서 가장 높은 단상 위로 느릿느릿 올라갔다. 옥황상제가 판관 중 한 명에게 고갯짓하자, 얼굴에 커다란 점이 있는 판관이 둘둘 말려 있는 종이를 쫘르륵 펼치고 읽어 내려가기 시작했다.

[3천 년 전, 동해 용왕의 딸인 '도용녀'가 용궁에서 쫓겨나 인간 세상으로 온 후, 명진국 따님과 인간 세상의 생불 왕 자리를 놓고 대결했다. 그때 서천 꽃밭에 꽃을 키우는 내기를 했는데, 명진국 따님의 꽃은 4만 5천6백 송이가 피었으나, 도용녀의 꽃은 뿌리도 하나, 가지도 하나, 순도 고작 하나였기에

명진국 따님이 인간 세상의 생불 왕, 즉 삼신할망이 되고, 도 용녀는 저승의 아이들을 맡아 돌보는 저승할망이 되었다. 그리고 그로부터 3천 년이 흘러 동해 용왕의 따님이 삼신할망 자리를 놓고 재심을 신청하는 바이다.]

 판관은 종이를 다시 둘둘 말아 자리로 돌아갔다. 옥황상제는 천천히 몸을 돌려 도 선생을 바라보며 물었다.
 "저승할망, 재심을 신청하려면 3천 년 전 대결을 뒤집을 만한 증거가 있어야 하오. 그런 증거를 가져왔소?"
 그러자 도 선생은 입가에 미소를 띤 채 웃으며 대답했다.
 "당연하지요. 저 아이가 바로 증거입니다."
 "어떤 증거란 말이오?"
 "삼신할망이 아이를 잘못 점지했다는 것을 밝혀줄 증거지요."
 그때 사장이 손을 번쩍 들고 외쳤다.
 "옥황상제님, 저승 재판의 증인이 되려면 반드시 죽은 자여야 합니다. 하지만 저 아이는 아직 죽지 않았습니다. 이승에 있는 육신이 살아 있으니, 저 아이는 증인이 될 수 없습니다."
 사장의 말에 도 선생이 예상했다는 듯 입꼬리를 올리며 말했다.
 "현명하고 공정하신 옥황상제님, 저 아이는 죽지 않았습니다. 하지만 저 아이가 죽지 않은 이유는 삼신상에 올려진 미역국을 지속적으로 먹어왔기 때문입니다. 삼신상의 미역국이 무엇입니까? 갓 태어난 아기의 건강과 축복을 바라는 산모들의 염원이 담긴 음식이지요. 그것은 신에게 바쳐진 것이기에 인간이 먹어서는 안 됩니다. 그런 금기를 어겨 놓고 이제 와 증인 자격이 없다고 주장하는 건 스스로 모순을 드러내는 꼴입니다. 삼신이 중간에서 장난만 치지 않았다면, 저 아이는 이미 당연히 증인 자격을 가졌을 것입니다."

옥황상제는 도 선생의 말을 듣고, 고개를 천천히 끄덕이며 말했다.

"알았소. 저승할망의 주장을 받아들여 저 아이가 증인이 될 수 있음을 인정하오."

이 사실만으로도 이미 승기를 잡았다고 생각했는지, 도 선생은 회심의 미소를 지었다. 반면, 사장의 얼굴에는 검은 그림자가 드리워졌다.

"저승할망이 말해보시오. 저 아이가 어떤 증인입니까?"

"삼신은 원하지 않는 집에 아이를 점지하는 죄를 저질렀습니다. 저 아이의 엄마는 '어쩌다가! 덜컥! 불행히! 사고로!' 뱃속에 아기가 생겨 고등학교도 그만두었고, 학업을 그만둔 상태에서는 제대로 일하기도 힘들어 경제적으로 어려운 상황에서 아이를 키워야 했습니다. 저 아이는 한 부모에 고딩 엄마의 딸이라는 낙인 속에 17년을 불행하게 살았습니다. 아무도 원하지 않은 아이를 점지해서 모두를 불행하게 만든 죄! 그것이 바로 삼신할망의 죄입니다."

도 선생이 사장을 공격하는 말을 쏟아낼 때, 은비의 마음은 아렸다. 도 선생의 말처럼 자신은 '어쩌다가, 덜컥, 불행히, 사고로' 태어난 결과물이니까. 그 사실을 받아들이는 게 바늘로 찌르는 것 같은 고통이었다.

옥황상제가 궁금하다는 듯 물었다.

"저 아이의 엄마가 비록 고등학생이었다 해도, 다른 가족의 도움을 받아 아이를 키울 수 있었던 건 아닐까요?"

"저 아이의 엄마는 임신했을 당시, 의지할 가족이 단 한 명도 없었습니다. 이승에서 그야말로 혈혈단신이었지요."

"흠, 그래요? 아이를 기를 수 있는 좋은 환경은 아니었군요."

"최악의 상황이었습니다."

옥황상제가 잠시 고개를 끄덕이더니 사장 쪽으로 몸을 돌렸다.

"삼신! 삼신은 저승할망의 말에 동의하나요?

"아니요! 그럴 리가요. 옥황상제님! 저는 단 한 번도 아이를 잘못 점지한 적이 없습니다."

사장의 목소리는 단호했다.

"그래요? 가족도 없는 고등학생 한 부모가 아이를 원했다는 게 상식적으로 말이 됩니까? 낳아도 제대로 키울 수 없는 상황인데 말입니다."

"저 아이, 은비의 엄마는 아이를 간절히 원했습니다. 17년 전이지만 아직도 기억납니다. 밤마다 아이를 점지해달라고 간절히 빌었지요. 하지만 저 아이 엄마의 처지를 알기에 그 간절함을 오랫동안 외면했습니다. 그러나 삼신할망은 단지 생명을 주입하는 신이 아니라 간절함에 응답하고 그 길을 이어주는 존재 아닙니까? 결국 저는 저 아이를 점지하였고, 그 뒤로도 저 아이를 지켜보며 보호해 왔습니다."

도 선생은 코웃음을 치며 비웃는 말투로 말했다.

"옥황상제님, 어떻게 고등학생 한 부모가 아이를 간절히 원할 수가 있지요? 그게 상식적으로 맞는다고 생각하십니까? 아이 분윳값은 있습니까? 기저귓값은요? 뭘 해서 돈을 벌지요? 아이가 열이 나고 아프면 어떻게 해야 하는지 고등학생이 아나요? 또 학교는요? 결국 자퇴할 수밖에 없지 않습니까? 세상의 비난은 또 어떻고요. 삼신은 지금 말도 안 되는 이유로 자기 행동을 정당화하고 있습니다."

"아닙니다. 진짜로 간절히 원했습니다. 그 증거가 있습니다."

그 말에 옥황상제가 흥미롭다는 표정을 지었다.

"증거요? 그게 뭐죠?"

"태몽입니다. 저 아이의 엄마가 꿨던 태몽 말입니다. 그게 증거입니다."

"태몽이 어떻게 증거가 되지요?"

"그걸 보시면 압니다."

"그래요? 그러면 저승차사에게 가져오라고 하지요."

"그런데 그게……."

사장이 말을 멈췄다.

"왜요?"

"지난번 큰비로 태몽 창고가 물에 잠겼을 때, 수많은 태몽이 강으로 떠내려갔습니다. 저희가 그 태몽들을 모두 수거하긴 했지만, 겉면에 붙여 놓은 라벨이 모두 떨어져 나가서 구별할 수가 없습니다. 하지만 태몽의 주인인 박은비가 있으면 찾아올 수 있습니다. 본인 생명의 근원이니 반드시 알아볼 겁니다."

사장은 자신 있다는 투로 말했다.

옥황상제가 잠시 생각하더니 말했다.

"좋소, 잠시 재판을 중단하겠소. 삼신과 박은비는 태몽 창고에 가서 증거가 될 태몽을 찾아오시오."

이 소리를 듣고 도 선생이 소리를 빽 질렀다.

"말도 안 됩니다. 박은비는 제 증인입니다. 제가 허락할 수 없습니다."

"저승할망에게도 증거를 가져올 기회를 줬으니, 삼신에게도 기회를 한 번 주겠소. 그게 공정하지 않겠소."

단호한 옥황상제의 말에 도 선생은 입을 다물 수밖에 없었다.

사장은 옥황상제에게 가볍게 목례했다.
"감사합니다, 옥황상제님. 다녀오겠습니다."
사장은 은비를 이끌고 재판장 밖으로 나갔다. 은비의 발걸음은 무겁고, 머릿속은 복잡했다.
'사장님 말처럼 정말 엄마가 나를 원했을까?'

10. 태몽 구슬

 태몽 창고는 저승 서쪽 계곡 깊숙한 곳에 숨겨져 있었다. 무쇠 문을 열자, 초등학교 다닐 때 학교 앞 뽑기 기계에서 봤던 거랑 비슷한 구슬이 바닥에 잔뜩 쌓여 있었다.
 "조심해! 밟지 않게."
 사장이 은비에게 주의를 줬다. 눈썰미 좋은 은비는 단번에 그것들이 강으로 떠밀려갔다가 되찾아온 태몽이라는 것을 알 수 있었다.
 "태몽 제작소에서 만들어진 태몽은 원본과 사본 두 가지 버전으로 만들어져. 사본은 아이를 점지받은 엄마의 꿈속으로 보내지지. 원본은 구슬에 담아서 이곳에 보관하고."
 "왜 폐기하지 않아요?"
 "한 생명의 시작을 알리는 것인데 어떻게 버려? 내가 삼신할 망으로 있는 동안은 끝까지 보관할 거야. 저승할망은 본인이 삼신할망이 되면 모조리 폐기하겠다고 벼르고 있긴 하다만."
 태몽이 담긴 투명한 구슬은 희미한 빛을 품고 깜박깜박 숨

쉬는 것 같았다. 사장은 태몽 더미 사이로 걸어 들어갔다.

"은비야, 봐라. 이게 생명의 근원이다."

구슬 하나하나에는 원래 주인의 이름이 적힌 라벨이 붙어 있었다고 했다. 하지만 이제는 누구의 것인지 구별할 수조차 없었다.

그때였다.

갑자기 태몽 창고 옆 미닫이문이 확 열렸다. 문 앞에 서 있는 것은 수림이었다.

"준비되었습니다."

"그래, 수림! 은비를 부탁한다."

사장이 은비의 손목을 붙잡으며 말했다.

"은비야! 지금 당장 이승으로 내려가야 해. 내가 준 미역국으로 버틸 수 있는 시간이 얼마 남지 않았어. 네 몸은 지금 조금씩 죽어가고 있어. 빨리 돌아가야 해."

은비는 어리둥절한 표정을 지었다.

"저는 환생할 건데요?"

"그 말을 믿지 마라. 저승할망은 생명을 살리는 데는 관심이 없어. 그자는 나와의 대결에서 진 것이 억울해서 그 자리를 차지하고 싶은 것뿐이다."

"하지만 도 선생님이 절 많이 도와주셨어요."

"은비야, 이상하지 않니? 담임 선생님이 교통사고를 당한지 하루 만에 도용녀가 새로운 담임이 되어 너희 학교에 나타

났어. 담임 선생님을 친 자동차는 도망갔고. 그런데 CCTV에도 그 뺑소니범의 차가 찍히지 않았단다. 그게 뭘 뜻하는지 알겠니?"

은비의 두 눈이 커다래졌다.

"도용녀 그자는 3천 년 전에도 그랬다. 산모를 해산시키지 못해 거의 죽일 뻔했지. 그런 자가 널 환생시켜 줄까? 환생의 방법도 몰라서 아마 네 영혼이 구천을 떠돌게 놔둘걸. 그래도 눈 하나 깜짝하지 않을 위인이다."

은비의 입이 말라 갔다.

"도용녀는 너희 엄마가 식당에서 일하는지 어떻게 알고 있었을까? 그리고 그 인형 말이다. 왜 하필 그때 인형의 방울이 떨어졌을까? 그리고 그 방울이 어떻게 딱 너희 엄마가 일하는 횟집까지 굴러갔지? 마치 누군가 조종하는 것처럼 말이다. 그리고 임신 테스트기도 이상해. 그게 여자 화장실 선반에 당당히 올려져 있지 않았니? 마치 누군가 보라는 듯이 말이야. 만약 그 임신 테스트기가 가짜라면? 그런 것을 쉽게 만들 수 있는 누군가 일부러 화장실에 그것을 가져다 놓고 소문을 퍼트린 거라면?"

은비의 심장이 벌렁거렸다. 은비도 뭔가 이상하다고 생각하긴 했다. 하지만 이를 인정하고 싶지 않았다. 자신에게 위로가 되는 도 선생을 잃고 싶지 않았으니까.

"은비야, 시간이 없어. 태몽 택배는 곧 출발한다. 지금 떠나지 않으면 이승으로 돌아갈 수 없어."

사장의 목소리는 날카로웠다. 은비는 덜컥 겁이 났지만 주저할 틈이 없었다. 은비가 수림 쪽으로 뛰어가려 하는데, 창고 입구의 무쇠 문이 펑, 하고 날아갔다.

도 선생이었다.

"어딜 가려고!"

바람을 가르는 듯한 도 선생의 목소리가 창고의 벽을 세 번쯤 튕겼다.

"삼신, 박은비를 빼돌리려 해? 그따위 꼼수는 안 통해!"

도 선생은 마치 한 마리의 검은 매 같았다.

"꼼수라니. 이 아이는 원래 있던 자리로 돌아가야 하오."

사장이 담담히 대답했다. 하지만 은비는 사장의 손끝이 떨리는 것을 보고 말았다. 은비가 멍해 있는 사이 수림이 뛰어와 은비의 어깨를 붙들었다.

"우리는 빨리 가자!"

수림이 은비를 끌고 트럭 쪽으로 달려가자, 도 선생의 눈에서는 분노가 스쳤다.

"박은비! 거기 서!"

도 선생이 손을 번쩍 들어 올리자, 창고 안의 낡은 철문들이 동시에 덜컹거리며 열렸다. 그 틈새로 검은 모래바람이 사정없이 몰려 들어왔다.

쉬— 쉬—

모래는 바닥을 휘감아 돌다가 뭉치고 뭉쳐 거대한 거인 형상을 만들어 냈다. 마치 모래로 만든 타노스 같았다. 검은 모래 입자 사이로 붉은 눈동자가 먹이를 노리는 듯 번뜩였다.

"내 창조물이 어때? 지난번 싸움에서 진 후, 나는 3천 년 동안 모래를 연구했지. 이 싸움은 내가 이길 수밖에 없어."

그러면서 모래 거인을 향해 명령을 내렸다. 모래 거인이 발을 한 번 내딛자, 바닥 가득 쌓여 있던 태몽 구슬들이 짓밟히면서 깨졌다.

"안 돼!"

삼신의 쩌렁쩌렁한 목소리가 태몽 창고 가득 퍼졌다.

"저승할망! 네가 왜 삼신이 되지 못한 줄 아느냐? 네가 꽃을 피우는 기술이 모자라서가 아니야. 너는 생명을 사랑한 적이 없어. 네 눈에는 이게 단순한 태몽이겠지. 하지만 이건 하나하나가 생명이야. 생명을 하찮게 여기는 신은 절대로 삼신이 될 수 없어!"

사장의 절규하는 소리가 거인의 몸에 있는 모래들을 진동시켰다. 그 진동에 모래 거인의 몸속 모래들이 조금씩 흘러 바닥에 떨어졌다.

"시끄러워! 지난 3천 년간 저승에서 죽은 아이들을 돌보면서 내가 얼마나 힘들었는지 알아? 다치고 아픈 아이들을 돌보는 일을 자그마치 3천 년이나 했어. 삼신, 너는 인간들이 바치는 재물을 누리며 편하게 살았겠지만 나는 달라. 죽은 아이를 데리러 갈 때, 나는 다른 영혼들의 뭇매를 맞았어. 이렇게 어린 영혼을 왜 데려가느냐고? 그게 내 잘못이야? 적패지(붉은 천에 저승으로 가야 할 사람의 이름을 쓴 것)에 나온 수명이 그런 걸 어떡해! 그 어린 생명의 명줄이 그것뿐인 것을 내가 어떻게 하느냐고! 편하게 살아온 너 같은 신은 몰라, 내가 어떤 마음으로 이번 재판을 준비했는지. 나는 반드시 이겨서 새로운 삼신할망이 될 거야!"

모래 거인은 깨진 구슬 조각들을 한 움큼 쓸어올리더니, 사장을 향해 내던졌다.

"억!"

사장은 기다란 소맷자락을 펼쳐 구슬을 최대한 보호하려 애썼다. 태몽 구슬은 생명이기에 함부로 맞받아칠 수도 없었다. 사장이 공격하지 못한다는 것을 알아챈 순간, 모래 거인이 번개처럼 사장의 어깨에 모래로 만든 화살을 쏘았다. 사장이 쓰러졌다. 피 대신 빛이 흘러나왔다.

사장은 이 와중에도 손을 저어 수림과 은비에게 어서 떠나라고 말했다.

"수림아! 얼른 은비를 데리고 가거라. 여기는 내가 맡으마!"

"안 됩니다! 삼신! 저도 같이 있겠습니다!"

"어서 가라고 했다! 이건 명령이다!"

사장의 치맛단이 거인이 만들어 낸 모래바람에 힘없이 나부꼈다. 수림의 눈동자가 붉게 충혈되었다.

10. 태몽 구슬

"꽃감관 수림, 삼신할망의 명을 받들겠나이다."

수림은 은비를 트럭의 조수석으로 밀어 넣으며 말했다.

"가자."

그런데 수림이 막 트럭을 출발시키려 할 때, 구슬 하나가 트럭 앞바퀴 쪽으로 굴러오는 게 보였다. 그대로 놔두면 깨질 것 같았다. 은비는 얼른 조수석에서 내렸다.

"어디 가!"

놀란 수림이 소리쳤다.

"잠깐만요!"

은비는 몸을 굽혀 구슬을 집어 주머니에 집어넣었다. 태몽 트럭이 출발하려는 것을 알아챈 모래 거인이 무시무시한 소리를 내며 이쪽으로 다가왔다.

쿵— 쿵—

거인의 발소리에 땅이 흔들렸다.

"빨리 가자니까!"

"알았어요!"

은비가 올라타자마자 수림이 바로 시동을 켰다.

"어디로 가는 거예요?"

"태몽 택배는 태몽의 주인공한테 자동으로 가는 시스템이야! 우리는 출발하기만 하면 돼!"

부르릉!

트럭은 금속 덩어리 같은 숨을 토해내더니 차체를 떨면서 앞으로 굴러갔다. 그런데 모래 거인이 더 빨랐다. 거대한 손아귀가 트럭을 찰싹 내려친 것이다. 은비와 수림은 트럭 밖으로 튕겨 나갈 뻔했다.

"은비야! 이것 좀 잡고 있어!"

수림이 차에서 내리면서 은비에게 운전대를 맡겼다.

"아저씨! 어디 가요?"

하지만 수림은 은비의 말을 듣지 않고 트럭 밖으로 뛰어내렸다.

수림은 늘 지니고 다니는 작은 유리병을 꺼냈다. 안에는 반짝이는 물방울처럼 보이는 이슬이 들어 있었다. 서천 꽃밭에서 한 달에 딱 한 방울만 만들어지는 이슬포자탄이었다.

"모래에는 물이 최고지!"

수림은 병을 열고 손바닥에 이슬포자탄을 올려놓았다. 그 순간, 이슬포자탄은 공기 중 습기를 빨아들이면서 팽창해 거대한 물방울로 진화해 갔다.

"받아라!"

수림은 그걸 거인의 가슴팍을 향해 던졌다.

팡!

이슬포자탄이 터지며 촉촉한 안개가 거인의 몸을 덮었다. 물과 섞인 몸이 굳어버리는 것을 느낀 모래 거인은 자신의 팔이 뚝 부러지는 것을 느끼고 움찔했다.

"가자!"

수림이 트럭으로 돌아와 엑셀을 풀로 밟았다.

트럭이 요동치며 앞으로 튕겨 나갔다. 트럭은 창고 철문을 부서뜨리고 그대로 앞으로 달려 나갔다.

트럭은 저승길을 튕기듯 내달렸다.

"터널로 간다! 저승과 이승을 잇는 유일한 길이야!"

수림은 이를 악문 짐승 같았다. 트럭은 터널을 향해 곧장 달려갔다. 하지만 모래 거인도 곧장 트럭을 따라붙었다. 그가 내뿜는 모래 먼지가 달빛처럼 터널 안으로 몰려들었다.

그때였다.

거인이 던진 모래 폭탄 하나가 트럭의 뒷바퀴를 강타했다.

쾅!

폭발음과 함께 트럭은 터널 벽을 세게 들이받았다. 터널 벽에 금이 가기 시작했다. 큰 충격에 트럭 뒤에 실린 태몽 상자들이 서로 부딪치며 소리를 냈다. 은비는 벨트를 쥔 손에 온 정신을 실었다.

'정신 차려, 박은비! 정신 차려야 해!'

금 간 벽 틈으로 트럭이 그대로 빨려 들어갔다. 빛도 그림자도 삼켜버릴 듯한 까만 틈새였다. 트럭은 그대로 어둠 속으로 곤두박질쳤다.

엔진 소리와 은비의 심장 소리가 합쳐지고, 모래가 부서지는 소리가 쌓여 모든 게 엉망이었다.

태몽 트럭은 끝없이 아래로 추락하고 있었다.

11. 태몽 택배의 수령인

"은비야! 괜찮아?"

택배 트럭 앞 유리에 이마를 부딪쳤는지 은비의 이마에는 벌건 멍이 들어 있었다. 옆에서는 수림이 걱정스러운 얼굴로 은비를 바라보았다.

"여기가 어디예요?"

"태몽 택배 수령인의 꿈속이야."

"꿈속이요?"

은비는 주변을 둘러보았다. 꿈속이라지만 숨이 턱턱 막혔다. 집 안은 낮인데도 음침했고, 방 안 여기저기에는 쓰레기 봉투가 쌓여 있었다. 진한 알코올 냄새가 코끝을 찔렀고, 그 냄새마저 썩은 냄새를 품고 있었다.

"너무 더러운데요?"

"그렇지. 그런데 말이야, 이 택배의 수령인은 네가 아는 사람이야."

그 말에 은비는 고개를 갸우뚱했다. 자기가 아는 사람 중에서 임신을 할 사람이 있나? 다들 고등학생인데?

그때 어디선가 성난 소리가 은비의 귀에 박혔다.

"어딜 갔다가 이제 들어와?"

낡은 알루미늄으로 된 현관문이 삐걱 소리를 내면서 열렸다. 그리고 그 사람을 본 순간 은비는 비명을 지르고 말았다.

이가연이었다!

그렇다면 여기가 이가연의 집?

은비의 손에서 저절로 땀이 새어 나왔다. 그런 은비의 상태를 눈치챘는지 수림이 손을 잡아줬다.

"꿈의 주인공은 우리를 알아볼 수 없어. 만질 수도, 느낄 수도 없지. 그러니까 걱정하지 마."

그 말에 살짝 안심되었다.

"이년아! 어디 갔다 오냐고?"

이가연의 아버지는 빈 맥주 캔을 탁자에 내리치며 소리를 질렀다. 옆에는 빈 소주병과 막걸릿병이 나뒹굴었다.

이가연 아버지한테서는 술 냄새가 숨결마다 흘러나왔다.

이가연은 아무 말도 못 하고 뒷걸음질 쳤다. 손에 들고 있던 가방이 바닥으로 떨어져 지퍼가 벌어졌다. 안에서 노트며 필통, 책자들이 쏟아졌다. 그 사이로 임신 테스트기 포장지가 반쯤 비쳐 보였다.

"거기 안 서?"

아버지가 다가왔다. 손이 허공을 가르더니 뺨을 향해 날아갔다. 그 순간 이가연은 몸을 홱 돌려 도망쳤다. 거실에 남은 건 술병들과 쏟아진 공책들, 그리고 알 수 없는 냉기였다.

수림이 옆에서 낮게 속삭였다.

"저 아이는 매일 이런 꿈을 꿔. 달아나도 돌아오면 또 저 문 안이야."

은비는 작게 중얼거렸다.

"근데 왜 저한테 그렇게 못되게 굴었대요? 자기도 힘들면서."

"저 애는 바보야. 욕을 많이 하면 할수록 자기가 강해진다고 착각하는 거지. 누군가를 때리고, 상대방이 겁먹은 표정을 짓는 걸 보며 스스로 보호했다고 생각하는 거야. 자기 약한 모습을 감추고 싶어서 그렇게 행동하는 거지."

은비의 머릿속에 이가연이 자기를 노려보던 눈빛이 떠올랐다. 이가연은 외로워 보였다. 이가연 패거리는 앞에서는 그 애를 따르는 척했지만, 이가연이 결석하는 날이면 이가연의 뒷담화로 시간을 보내곤 했다.

아이들은 이가연을 무서워하면서도 더러워했고, 한편으로는 무시했다. 그래서 '쓰레기'라는 호가 붙었다. 이가연은 어느새 아이들 틈에서 투명한 그림자가 되어가고 있었다.

"은비야, 이 상자 네가 전해줘."

수림이 이가연의 태몽 상자를 내밀었다. 상자에는 '이가연'이라는 이름이 붓글씨로 정갈하게 적혀 있었다.

"제가요?"

"응. 저 아이한테는 이게 마지막 희망일지도 몰라."

"네? 고등학생이 임신했는데 그게 어떻게 희망이에요? 더군다나 쟤는 인생 막사는 애라고요."

"사람이 살려면 꼭 필요한 게 있어. 그게 뭔지 알아?"

"뭐요? 돈이요?"

"아니, 사람에게는 '살아야 하는 이유'가 있어야 해. 세상은 거지 같고, 아버지라는 작자는 하등 쓸모없지. 그래서 이가연은 지금 살고 싶지 않아 해. 하지만 모순되게도, 마음 한편에서는 제대로 살고 싶어 한다. 그럼, 그게 필요하지. '살아야 하는 이유'가."

은비는 태몽 택배를 조용히 손바닥으로 쓸었다. 태몽이 들어있어서 그런지 따뜻한 기운이 흘러나왔다.

"이 아기가 이가연이 '살아야 하는 이유'가 될 수 있을까요?"

"그렇다면 좋겠구나."

은비는 새카만 곰팡이로 뒤덮인 벽지와 깜빡이는 전등 아래에서 몸을 웅크리고 있는 이가연을 바라봤다. 울고 있었다.

은비는 이가연 앞에서 무릎을 반쯤 꿇고 태몽 택배를 내려놓았다.

흔들리는 이가연의 어깨가 너무 좁다는 것을, 그리고 이가연이 무척 말랐다는 것을 처음으로 알게 되었다.

'임신했을 때는 잘 먹어야 하는데.'

은비의 마음이 아렸다. 그 순간, 마음속 어딘가에서 묵직한 돌덩이가 움직이며 은비의 마음속 벽을 부수는 느낌이었다. 은비는 속으로 읊조렸다.

'태몽 택배 배달 완료.'

12. 은비의 육신

 이가연의 꿈을 통해 이승으로 도착한 수림과 은비는, 은비가 누워있는 병원으로 갔다. 하얀 벽, 은은한 형광등 불빛, 알 수 없는 소독약 냄새가 났다.
 은비의 눈에 온갖 기계 장치를 부착하고 있는 자기 모습이 보였다. 머리맡의 기계들이 느릿한 곡선을 그리며 숨소리를 대신해 주고 있었다. 은비는 문득 숨을 멈췄다.
 "엄마?"
 침대 한쪽에 얼굴을 묻고 자는 엄마가 보였다. 엄마는 병실 바닥에 앉아 침대 귀퉁이에 상체만 기울인 채 잠들어 있었다. 은비의 손을 붙잡고 있는 엄마의 손등엔 핏줄이 도드라져 있었다. 마른 손이었지만, 은비의 손만큼은 절대 놓지 않으려는 듯 단단했다. 은비는 다가가 조용히 엄마의 머리칼을 바라봤다. 희끗희끗 섞인 새치가 병실 불빛 아래서 반짝였다.
 "흰머리가 생겼네."
 은비는 몸을 돌려 엄마 머리카락을 만져보았다. 하지만 은비의 손은 엄마의 머리카락을 쓰다듬지 못하고 그대로 통과해버렸다.

　엄마 손을 잡고 쓰다듬고 싶었다. 같이 얼굴 보며 웃고 싶었다. 은비가 한 발 더 가까이 엄마에게 다가간 순간, 등 뒤에서 무언가 거대한 금속이 날아왔다.

　쾅!

　은비의 눈앞에 커다란 방패가 꽂혔다. 놀란 은비가 뒤를 돌아보니 도 선생의 호위무사들이 어느새 아우라를 뿜으며 거기 있었다.

　놀란 은비가 뒤로 물러섰다. 뒤쪽에 서 있던 수림이 단도를 꺼내 쥐고 낮게 이를 갈았다. 도 선생은 그런 둘을 보며 가소롭다는 듯 웃으며 말했다.

　"은비야, 돌아가야지! 아직 재판이 남아 있잖니?"

　은비는 도 선생을 향해 눈을 크게 뜨며 물었다.

　"사장님은요?"

　"삼신? 불리하다 싶었는지 내뺐어. 서천 꽃밭에서 꽃이나 키울 줄 알지, 전투력은 영 꽝이야. 삼신이 너희를 구하러 올 가능성은 없으니 기대하지 않는 게 좋을 거야. 너희가 기댈 구석은 이제 없으니까."

　도 선생은 야비하게 웃었다. 은비는 마음속에 품고 있던 의문을 털어놓아야 할 것 같았다.

　"진짜로 선생님이 그랬어요? 담임 선생님을 차로 친 게 선생님 맞아요?"

"설마, 그럴 리가. 너는 내가 그럴 사람으로 보이니?"

도 선생이 양손을 쫙 피며 억울하다는 제스처를 취했다. 하지만 그 과장된 태도가 더 의심스러웠다.

"하지만 이상해요. 주말에 교통사고가 났는데 마치 준비됐다는 듯 월요일 아침에 선생님이 나타났잖아요."

"우연이지."

도 선생은 더는 묻지 말라는 듯 눈썹을 꿈틀댔다.

"그러면 환생시켜 준다는 약속은 사실이에요? 선생님은 저승할망이라서 환생시키는 방법도 모른다면서요."

"처음부터 잘하는 자는 없어. 나도 배울 거야. 내가 얼마나 오랫동안 모래를 다루는 연습을 했는지 너도 알잖아. 배우면 잘할 자신이 있단다."

"거짓말! 선생님은 재판 때문에 제가 필요한 것뿐이었어요. 저를 다시 태어나게 할 생각도 처음부터 없었잖아요!"

은비의 눈에서 눈물이 쏟아졌다. 은비는 주먹으로 눈물을 쓱 닦고, 외쳤다.

"선생님을 못 믿겠어요. 제 몸으로 돌아갈 거예요!"

그리고 자기 몸으로 막 뛰어 들어가려 할 때, 도 선생이 막아섰다.

"잠깐! 이걸 좀 보렴."

도 선생이 꺼낸 것은 편지봉투 크기만 한 단단한 종이였다.

종이의 한쪽 면은 붉은 천으로 덮여 있었고, 반대쪽 면에는 얇고 검은 먹선으로 이름과 수명이 적혀 있었다.

도 선생은 종이를 흔들며 말했다.

"이건 네 엄마의 적패지다. 사람은 이 적패지에 적힌 수명만큼 살게 되지. 네가 이렇게 나올 줄 알고 이것을 관리하는 까마귀 차사한테 뇌물을 꽤 많이 썼다. 그런데 보람이 있구나. 어떠냐? 네 엄마는 앞으로 50년도 더 살 수 있지만, 내가 지금 여기서 붓으로 남은 수명을 조작하면?"

은비는 숨이 턱 막혔다.

그때 수림이 도 선생을 향해 돌진했다. 짧은 칼날이 허공을 가르자, 호위무사들이 방패를 들고 몸을 던져 막았다. 그리고 수림은 호위무사에게 허무하게 붙잡혔다.

"쯧쯧. 서천 꽃밭의 꽃감관 주제에 감히 저승할망의 호위무사한테 덤벼? 범 무서운 줄 모르는 하룻강아지에게는 결과로 보여줘야겠군."

그러더니 가죽으로 된 보관함에서 가느다란 붓 하나를 꺼내 들었다. 그리고 적패지 위에 붓끝을 가져갔다.

"잘 봐라. 너희 엄마가 어떻게 되는지."

도 선생이 적패지 위에 붓끝을 살짝 가져다 댔을 때, 은비가 소리를 질렀다.

"그만! 우리 엄마는 놔둬. 내가, 내가 가면 되잖아!"

주먹으로 쿵쿵 가슴을 쳐대는 은비의 마음은 시커멓게 타

들어 가고 있었다.

"다른 집에서 환생하겠다더니 그 마음이 100퍼센트 진심은 아니었나 보네."

도 선생은 킥킥 웃었다. 그리고 주머니에서 영혼 위탁 계약서를 꺼냈다.

"다시는 이승으로 돌아갈 생각을 못 하게 뿌리를 뽑아버려야겠어."

도 선생은 영혼이라는 단어 옆에 '육신'이라는 단어를 적어 넣고는 은비에게 다시 서명하라고 했다.

"이 계약서를 찢어버리는 허튼짓은 안 하는 게 좋을 거다. 네 엄마의 적패지가 내 손안에 있으니까."

은비는 덜덜 떨리는 손으로 두 번째 사인을 했다. 그리고 도 선생이 계약서를 받자마자 은비의 육체에 연결된 심장박동 그래프가 미친 듯이 출렁였다.

삐—

심장박동을 알리는 기계음이 공포스럽게 울렸다. 엎드려 자던 엄마가 화들짝 고개를 들고 모니터를 보더니, 얼굴이 하얗게 질렸다.

"은비야! 은비야! 왜 이래! 선생님! 간호사님! 우리 딸 좀 살려주세요! 제발! 제발 우리 은비 좀 살려주세요!"

엄마가 정신없이 문을 열고 복도 쪽으로 달려 나가며 절규했다. 놀란 엄마 소리에 의사와 간호사들이 병실 안으로 뛰어 들어왔다. 엄마는 의사 쪽으로 달려가 손바닥을 싹싹 빌며 절규했다.

"선생님! 제발 우리 은비 좀 살려주세요. 저는 은비 없으면 죽어요. 제발요."

차가운 기계음보다 엄마의 울음소리가 더 깊고 먹먹하게 울렸다. 은비는 그 광경을 멍하니 바라보다가 털썩 주저앉고 말았다. 엄마의 오열이 병실 가득 퍼졌다.

'내가 없으면 엄마가 행복해질 줄 알았는데.'

은비의 마음은 후회로 가득했다. 엄마한테 더 예쁘게 말할걸, 엄마가 해주는 반찬도 맛있게 먹을걸, 한 달에 두 번 엄마가 식당 쉬는 날 어깨도 주물러 주고 같이 영화도 보러 갈걸, 그리고 엄마가 할머니 추모관에 가자고 할 때 함께 팔짱을 끼고 나들이 가듯 다녀올걸.

의사와 간호사들은 심장에 충격을 주는 기계를 가져와 은비의 몸에 부착했다.

툭!

전기 자극이 은비의 심장에 전달되었지만, 그래프는 여전히 일직선이었다.

"다시!"

의사는 서둘러 다시 전기 자극을 주었지만, 기계에서 울리는 삐, 소리는 희미하게 끊겼다가 울릴 뿐이었다.

호위무사들에게 붙잡힌 수림은 아무것도 할 수 없다는 죄책감에 고개를 들지 못했다.

삐—

한 번 멈춘 은비의 심장은 더 이상 움직이지 않았다.

삐—

도 선생은 은비에게 말했다.

"다 됐다. 육체가 완전히 죽었으니 이제 이승에 내려올 일도 없을 거다. 저승으로 돌아가자."

하지만 이 말은 은비의 귀에 들어오지 않았다. 지금 바닥에 엎드려 양손을 비비며 "선생님, 제발 우리 딸 좀 살려주세요!"라고 외치는 엄마밖에는 은비의 눈에 들어오지 않았다.

은비는 만질 수 없는 엄마를 껴안았다.

"엄마, 울지 마! 내가 잘못했어! 엄마, 정말 미안해!"

은비의 눈에서 굵은 눈물방울이 떨어졌다. 이대로 저승에 가면 엄마를 영영 보지 못할 거라는 생각에, 은비의 마음은 깊은 아픔으로 가득 찼다.

수림과 은비는 밧줄로 손이 묶인 채, 호위무사들이 타고 온 버스를 타고 이승과 저승을 잇는 터널로 되돌아갔다.

13. 다시 저승으로

 울부짖던 엄마의 모습이 머리에서 떠나지 않았다.
 버스 안에서 은비의 마음은 복잡하기만 했다. 옆자리에 앉은 수림이 그런 은비의 마음을 알아챘는지 나직이 귓속말로 말했다.
 "아직 방법이 있어. 서천 꽃밭에 가면 환생 꽃이 있어. 그걸 가져가면 네 육신을 다시 살릴 수 있어."
 그 말에 은비의 두 눈이 커다래졌다.
 "인간들이 3일 장을 치르는 이유는 죽은 줄 알았던 사람이 다시 살아나는 기적이 가끔 있기 때문이야. 물론 이것은 기적이나 신의 자비가 아니야. 저승할망처럼 적패지로 장난치는 신들이 있거든. 그래서 그걸 환생 꽃으로 돌려놓는 거야."
 "환생 꽃이 있으면 제 몸이 다시 살아날 수 있어요?"
 "맞아."
 "하지만 곧 장례식을 할 수도 있잖아요."
 "아니야. 내가 병실을 떠나기 전에 시간 정지 꽃가루를 몰래 뿌려놨어. 이승의 시간을 당분간 멈출 수 있어. 하지만 오래가진 않을 거야."

그 말에 은비는 용기가 생겼다.

"환생 꽃은 어디에 있는데요?"

"서천 꽃밭 가운데 있어. 가면 한눈에 알아볼 수 있어. 환생 꽃은 꽃 중의 꽃이니까."

은비는 등 뒤로 묶인 손을 가리키며 안타까운 표정을 지었다.

"이렇게 묶여있는데 어떻게 탈출하죠?"

"희망을 가져. 분명 방법이 있을 거야. 삼신할망이 이대로 도망갈 분이 아니거든. 지금쯤 우리를 구하기 위해 뭔가 준비를 하셨을 거야."

수림의 말이 끝나자마자 터널 안쪽에서는 기괴한 소리가 울려 퍼지기 시작했다. 그건 동굴 저 깊은 곳에 살던 대왕 지네가 스르르, 움직이는 소리 같기도 했고, 황금박쥐가 떼로 날아 들어오는 소리 같기도 했다.

버스 안 호위무사들의 얼굴이 급격히 어두워졌다. 어딘가에서 어마어마한 속도로 다가오는 소리가 들리자, 모두가 동시에 창밖을 바라보았다. 뭔가가 버스를 따라오고 있었고, 이제 그 존재는 바로 버스 옆에까지 다가온 듯한 느낌이 들었다.

"저게 뭐예요?"

은비의 두 눈이 휘둥그레졌다.

사장이 기다란 채찍 같은 것을 들고 버스 바로 옆에 서 있었다. 자세히 보니, 그것은 밧줄처럼 단단하게 뻗은 넝쿨식물이었다.

도 선생이 코웃음을 쳤다.

"풋, 삼신! 도망간 줄 알았더니 이런 걸 준비하고 있었소? 참 어이가 없네. 삼신은 생명과 돌봄의 신 아니오. 누구 하나 해치는 것도 허락되지 않잖아요. 그러니 허세는 그만 부리고 저승으로 돌아갑시다. 재판을 다시 속개해야지요."

도 선생의 비웃음을 견디며 사장이 이를 악물고 외쳤다.

"물론 나는 생명을 직접적으로 해칠 수는 없지. 하지만 생명이 없는 것은 얼마든지 가능하지."

그러더니 채찍을 높이 들어서 터널의 벽을 힘차게 내리쳤다. 터널은 태몽 택배의 질주 사건 때문에 이곳저곳에 금이 가 있었다. 부실한 벽체에 강한 충격이 가해지자, 터널 깊숙이에서 벽체가 양쪽으로 찢어지듯 끼익, 하는 소리가 들렸다.

"모두 피해! 터널이 무너진다!"

도 선생의 외침과 함께 거대한 굉음이 터져 나왔다. 천장에서 돌조각들이 우수수 떨어지더니, 굵은 균열이 벽면을 타고 번졌다. 도 선생은 버스를 버리고 자기 수하들만 챙긴 채 뒤로 물러섰다. 그 순간, 엄청난 크기의 바위가 버스를 향해 굴러떨어졌다.

"위험해!"

은비가 눈을 감은 찰나 쉭, 짧고 날카로운 것이 바람을 가르는 소리가 났다. 사장의 채찍에 바위는 굉음을 내며 산산조각 났다. 곧이어 채찍은 다시 휘둘러졌고, 수림과 은비의 손목에 감겨 있던 밧줄이 힘없이 바닥으로 떨어졌다.

"은비야."

사장이 다가오며 숨을 몰아쉬었다.

"이승에 있는 네 몸이 위험하다는 소식을 들었다. 어서 빨리 서천 꽃밭으로 가자꾸나."

그 순간, 다시 굉음이 터져 나왔고, 천장이 내려앉기 시작하더니 무수한 바윗덩이가 쏟아져 내려왔다.

"위험해!"

수림이 외쳤다. 그와 동시에 사장이 은비를 밀쳐 내며, 그녀 대신 거대한 바위를 온몸으로 받아냈다.

"억!"

바위에 깔린 사장이 낮고 길게 신음을 토했다.

"사장님!"

은비가 외쳤다. 놀라서 목소리조차 제대로 나오지 않았다.

"은비야! 어서…… 어서 가!"

"사장님이 여기 계시는데 제가 어떻게 가요!"

사장은 흐트러진 머리칼 사이로 미소를 지었다.

"나는 신이다. 걱정하지 말고, 어서 네 몸을 살려."

그녀의 손이 은비의 뺨을 잠시 스쳤다.

"그러니 빨리 가. 지금이 아니면 늦어."

사장은 말하기도 힘든 것 같았다. 옆에서 수림도 은비를 재촉했다.

"어서 가, 은비야. 삼신할망은 내가 모시고 갈게. 너는 한시가 급해!"

은비는 금방이라도 터질 듯한 울음을 꾹 참고 조용히 고개를 끄덕였다. 그러자 수림이 그녀의 어깨를 붙잡고 앞으로 해야 할 일들을 차분히 설명해 나갔다.

"이 터널은 곧 무너질 거야. 이 길로는 이승에 갈 수 없어. 그러니 옥황상제를 찾아가. 가서 방법을 찾아달라고 해."

"옥황상제가 저를 만나 줄까요?"

"옥황상제의 집무실 앞에 '공명진혼북'이라는 커다란 북이 있어. 누구든 억울한 게 있으면 그 북을 울릴 수 있어. 북이 울리면 옥황상제는 하던 일을 파하고 무조건 이에 응해야 해."

은비는 눈물을 닦고, 고개를 끄덕였다. 그리고 마지막으로 사장의 손을 꼭 잡으며 말했다.

"사장님이 있어서 참 좋았어요. 미역국 안 먹는다고 투덜댔지만, 맨날 밥을 챙겨주셔서 진짜로 좋았어요. 사장님이랑 수림 아저씨만 놔두고 저 혼자 이승으로 돌아가지 않을 거예요. 제가 반드시 구하러 올게요."

은비는 숨이 턱까지 차오른 채 터널 끝을 향해 달렸다. 그녀가 간신히 빠져나오자, 곧바로 터널이 무너져 내리는 굉음이 뒤를 덮쳤다. 하지만 은비는 돌아볼 수 없었다. 눈물범벅이 된 얼굴로, 서천 꽃밭을 향해 그대로 내달렸다.

서천 꽃밭에 가면 환생 꽃을 단번에 알아볼 수 있을 거라고 했던 수림의 말은 사실이었다. 안개 속에서 수천 송이의 하얀 꽃잎이 파도처럼 흔들렸다. 그 사이로 붉은빛이 깜박이는 게 보였다. 인간의 심장박동처럼 빛은 꺼졌다가 켜지기를 반복했다. 마치 생명은 소멸하고 다시 태어난다는 것을 이야기하는 듯했다.

'저게…… 환생 꽃?'

은비는 꽃을 향해 달려갔다. 그리고 환생 꽃의 밑동을 잡으며 말했다.

"미안해. 네가 있어야 내가 살 수가 있어."

그러면서 있는 힘껏 환생 꽃의 줄기를 잡아당겼다.

쭈욱!

마치 꽃이 스스로 뽑히기로 결심한 듯 뿌리까지 부드럽게 따라 나왔다.

환생 꽃을 손에 쥔 순간, 뜨거운 에너지가 은비의 몸속을 돌기 시작했다. 숨이 트이고, 심장이 더 깊이 뛰었다.

그런데 이럴 수가!

끈질기고 끈질긴 도 선생의 목소리가 들려왔다.

"은비야, 쓸데없는 짓 하지 말고 돌아와라. 너는 아무 데도 못 간다."

그녀는 안개 속에서 모습을 드러내며 느릿하게 걸어왔다.

"용케 여기까지 왔구나. 하지만 이제 어쩌지? 너를 도와줄 삼신도, 수림도 없는걸. 이젠 정말 혼자구나."

도 선생의 목소리에는 습기가 가득 차 있었다. 지하실의 곰팡내가 목소리에 묻어있는 듯했다. 도 선생이 은비 바로 앞까지 다가왔다. 은비는 슬금슬금 뒷걸음질 쳤다. 하지만 바로 뒤는 커다란 바위벽이었다. 더는 물러설 곳이 없었다.

"그 꽃 어서 내려놔라."

바로 앞까지 다가온 도 선생의 눈동자는 분노로 타오르고 있었다.

"싫어요. 저는 무슨 일이 있어도 엄마한테 돌아갈 거예요!"

"그래? 네깟 게 얼마나 버틸 수 있겠느냐?"

그러고는 돌덩이 하나를 집어 들어 번개처럼 은비의 손을 겨냥해 내던졌다.

퍽!

"앗!"

뼈가 으스러지는 고통이 은비의 손목을 타고 올라왔다. 그 순간 손에서 힘이 풀리며 은비는 환생 꽃을 놓치고 말았다.

"이걸로 끝이다."

도 선생이 꽃을 으깨려고 발을 높이 들어 올렸다.

"안 돼!"

은비는 본능적으로 몸을 던져 꽃을 감쌌다. 그때 은비의 주머니에서 무언가가 떨어져 나왔다.

짤랑!

바닥에 닿은 그것은 트럭 바퀴에 깔릴까 봐 주머니에 집어넣었던 태몽 구슬이었다. 태몽 구슬은 바닥에 떨어진 충격 때문에 유리가 깨져버렸다. 그와 함께 그 안에서 눈부신 빛 같은 게 쏟아져 나왔다. 수천 마리의 은빛 나비였다.

후두득!

슈르르르르!

나비들은 곧장 도 선생을 향해 날아갔다. 도 선생의 눈, 코, 입, 머리카락, 팔과 다리까지 온몸으로 덮으며 그 가녀린 날개로 후려치기 시작했다.

"뭐야 이게!"

도 선생은 처음 느껴보는 공포에 휩싸였다.

"저리 가! 저리 가라고!"

하지만 나비들은 멈추지 않았다. 날개가 찢어져도 온 힘을 다해 다시 날아올랐다.

은비는 어릴 적 엄마가 해준 말이 떠올랐다.

"은비야. 네 이름을 왜 은비라고 지었는지 아니? 너를 가졌을 때 꿈속에 은색 나비가 나왔어. 나비들이 어찌나 신비롭고 예쁘던지."

'그래, 이건 내 태몽이야. 이 나비들이 날 지키러 온 거야.'

13. 다시 저승으로

도 선생이 나비의 공격에 넋을 놓고 있는 사이, 은비는 환생 꽃을 들고 달리기 시작했다.

'옥황상제를 만나야 해. 그래야 사장님도 수림 아저씨도 모두 살 수 있어!'

안개를 헤치고, 절망을 밀어내며 은비는 마지막 희망이 있는 곳으로 달렸다.

14. 공명진혼북

 은비는 숨을 헐떡이며 올려다보았다. 거대한 전각 끝자락, 보랏빛 안개에 싸인 옥황상제의 집무실이 눈에 들어왔다. 그 곁에는 수림의 말대로 장승처럼 우뚝 선 커다란 북이 있었다.
 '저게 공명진혼북이구나.'
 억울한 영혼들이 아무 곳에도 호소할 수 없을 때 마지막 선택지로 찾는 게 공명진혼북이라고 했다.
 은비는 손을 뻗어 북채를 잡았다. 하지만 북채는 쇳물을 부어서 만들었는지 차가웠고, 들어 올릴 수조차 없었다.
 '너무 무거워.'
 북채는 꿈쩍도 하지 않았다. 은비는 당황했다. 아무리 안간힘을 써도 혼자서는 도무지 움직일 수가 없었다.
 '북채 없이 한 번 쳐보자.'
 은비는 손바닥을 활짝 펼쳐 북을 향해 힘껏 내리쳤다. 그러나 북은 소리도, 진동도 없이 묵묵히 서 있을 뿐이었다.
 '도움닫기를 해서 있는 힘껏 달려와 부딪치는 거야.'

하지만 아무리 시도해도 결과는 늘 같았다. 모든 게 실패로 돌아갔다.

'억울한 영혼은 누구든지 호소할 수 있다더니 북채를 들어 올릴 수조차 없잖아. 옥황상제도 똑같아! 처음부터 들어줄 생각이 없었다고!'

이 모든 상황이 억울했고, 은비를 손바닥 위에 올려놓고 자기들만의 규칙을 강요하는 신들이 괘씸했다. 도 선생에 대한 분노와 옥황상제에 대한 불만이 한꺼번에 치밀었다. 이판사판이었다. 육신이 먼저 죽든, 영혼이 먼저 소멸하든 어차피 곧 사라질 거로 생각하니 두려워할 것도 없었다. 결국 은비는 참지 못하고 폭발했다. 집무실을 향해 고래고래 소리를 질러 대기 시작한 것이다.

"이봐! 옥황상제! 이게 최고의 신이 할 짓이야? 타노스가 와도 안 되게 해놓고 무슨 억울한 영혼 어쩌고 해! 공정한 척은 혼자 다 하면서 결국 아무것도 안 하려는 거, 내가 모를 줄 알아? 인간이고 신이고 왜 하나같이 똑같니? 왜 이리 무능해? 입이 있으면 당장 나와서 변명이라도 해봐!"

얼마나 소리를 질렀던지 목에서 피 맛이 올라왔다. 그래도 은비는 포기하지 않고 더 큰 목소리로 고함을 질러댔다. 그 소란에 이끌려 저승의 영혼들이 하나둘씩 옥황상제의 집무실 앞으로 모여들기 시작했다.

"얘야, 무슨 일이니?"

은비는 다가온 몇몇 영혼들에 급히 사연을 털어놓았다.

"이승에 있는 제 몸이 죽어가고 있어요. 그런데 저는 이승으로 돌아갈 수도 없어요. 옥황상제에게 말이라도 하려고 했는데, 이 북채가 너무 무거워서 들 수조차 없어요."

그러자 영혼 중 하나가 조용히 말했다.

"공명진혼북은 원래 혼자서는 못 들어. 여러 영혼이 힘을 합쳐야만 들어 올릴 수 있거든. 그만큼 네 사연에 공감하는 영혼이 많아야 북이 울리는 거야."

"그러면 여러분! 저 좀 도와주세요."

은비는 난생처음 누군가에게 도움을 청했다. 언제나 '도와달라'고 하면 지는 거로 생각해 왔다. 사람들이 자신의 비밀을 알게 될까 봐 두려워, 늘 혼자 힘으로 해결하려 했다. 그런 은비가 처음으로 마음을 열고, 용기를 낸 순간이었다.

"우리가 이 애를 도와줘도 될까? 억울한 사연이 뭔지 잘 모르잖아."

영혼들이 난처한 표정을 지었다.

"삼신할망이 지금 터널에 갇혀 있어요. 수림 아저씨도 함께요. 옥황상제가 지금 나서지 않으면 그 둘은 소멸할지도 몰라요. 저는 이승으로 돌아가지 않아도 괜찮아요. 제발 삼신할망과 수림 아저씨를 구해주세요."

은비의 눈에서 커다란 눈물방울이 뚝뚝 떨어졌다. 그 울음에 영혼들의 마음도 서서히 흔들리기 시작했다. 그때, 삿갓을

눌러쓴 한 영혼이 크게 외쳤다.

"억울한지 아닌지는 옥황상제가 판단하겠지요. 일단 우리는 북이라도 울리게 해 줍시다. 어린애가 불쌍하잖아요."

그 말에 광장에 모인 영혼들이 고개를 끄덕였다. 그리고 일제히 힘을 모아 북채를 들어 올렸다.

둥—

둥—

둥—

저승의 공기가 떨려왔다. 북이 세 번 울리자 검은 연기 속에서 옥황상제와 판관들이 모습을 드러냈다.

"무슨 일인고?"

천둥 같은 목소리가 은비를 내려다보았다.

"옥황상제님! 삼신할망은 잘못 점지하지 않았어요. 저희 엄마는 저를 정말 간절히 원하셨어요. 그래서 제가 태어난 거예요."

"그래? 삼신할망이 실수하지 않았다는 증거를 찾았느냐? 태몽을 찾아 태몽 창고로 간다고 하지 않았니?"

"맞아요. 그런데 태몽 구슬이 깨져버렸어요."

"그래? 그럼, 증거가 없는 거구나."

옥황상제는 어쩔 수 없다는 듯 은비를 바라보며 말했다.

"재판에는 증거가 있어야 한단다."

은비는 머리끝까지 화가 치밀어 올랐다. 이따위 한심한 말을 하는 옥황상제를 만나려고 목에서 피가 나도록 소리를 질렀단 말인가.

"당신, 옥황상제! 내가 소멸하더라도 당신을 저주할 거야! 삼신할망이 잘못한 게 아니라고 내가 몇 번을 말해! 이승에 가서 우리 엄마가 나를 끌어안고 펑펑 우는 것도 봤다니까! 우리 엄마는 나 없으면 안 된대! 그리고 내 이름이 왜 은비인 줄 알아? 태몽에 은색 나비가 수만 마리나 나왔대. 그 은색 나비가 나를 공격하는 저승할망도 막아줬다고! 이렇게 확실한데, 대체 무슨 증거가 더 필요해? 뭘 더 가져오란 말이야!"

얼굴에 커다란 점이 있는 판관이 놀라 입을 다물 줄 몰랐다.

옥황상제는 은비가 발악하는 모습을 한동안 지켜보다가 광장 한쪽에 서 있던 누군가를 향해 손짓했다. 자세히 보니 아까 공명진혼북을 함께 울리자고 영혼들을 설득했던 삿갓 영혼이었다.

"출장은 잘 다녀왔나?"

삿갓 영혼은 조용히 고개를 끄덕이더니, 옥황상제의 귀에 무언가를 속삭였다.

"저 아이의 할머니 추모관에 편지가 있었다고?"

은비는 이게 무슨 소리인가 싶어 옥황상제와 삿갓 영혼을 번갈아 가며 쳐다봤다.

"편지 내용을 들려주게."

삿갓 영혼이 가져온 편지를 기계 안에 집어넣었다. 문자를

소리로 바꿔주는 저승의 기계였다. 버튼을 누르자 18년 전 고등학생이었던 은비의 엄마, 박미애 씨의 목소리가 흘러나왔다.

[엄마! 나도 곧 엄마가 돼. 세상에 엄마랑 나, 둘만 있다가 나 혼자만 남겨졌잖아. 진짜로 외롭고 무서웠거든. 그런데 이제 둘이야. 이 아기는 엄마가 나한테 보내준 선물 맞지? 나, 정말 열심히 살 거야. 오래오래 살아서 우리 아기 옆에 꼭 있을 거야.]

은비의 눈에서 눈물이 왈칵 터져 나왔다. 옥황상제도 먹먹해졌는지 한동안 말이 없었다. 그리고 마침내 입을 열었다.
"흠, 삿갓 차사가 제대로 된 증거를 가져왔군."
그 말에 은비가 고개를 들었다. 옥황상제가 손 놓고 있었던 게 아니었다. 그것도 모르고 옥황상제에게 고래고래 소리를 지르며 반말까지 했다는 생각에 얼굴이 화끈거렸다.
"저기, 옥황상제님. 아까는 제가 버릇이 없었습니다. 죄송합니다."
"아니다. 나는 시간이 무르익을 때까지 기다린 것뿐이다. 하지만 넌 사건의 당사자이니 훨씬 더 조급하고 마음이 힘들었겠지. 그러니 네 말과 행동 그 어느 것 하나 책임을 물을 생각이 없다."

14. 공명진혼북

그 말을 듣고 은비의 마음에 얹혀 있던 짐이 한결 가벼워졌다.

"그러면 혹시 이승과 저승을 잇는 통로가 망가진 것도 아시나요? 삼신할망과 수림 아저씨가 거기에 갇혀 있어요."

"알다마다. 내 능력을 쉽게 평가하지 말거라. 그 둘은 무사하다."

그때 옥황상제가 가볍게 신호를 보냈다. 그러자 저승차사들이 사장과 수림을 데리고 나타났다. 다행히 생각보다 크게 다친 것 같지는 않았다.

은비는 둘을 향해서 한달음에 달려갔다.

"사장님, 수림 아저씨! 무사해서 정말 다행이에요."

"그래, 은비야. 여기까지 잘 와줘서 고맙다. 혼자서 무서웠을 텐데."

사장이 은비의 머리카락을 쓰다듬었다. 옥황상제가 그 모습을 지켜보다가 말했다.

"삿갓 차사가 이승에 내려간 김에 저승할망에 대해 좀 더 조사한 게 있소, 어떻소? 내가 추측한 게 맞소?"

삿갓 차사가 옥황상제에게 서류들을 내밀면서 말했다.

"맞습니다. 저승할망이 박은비의 담임 선생님을 차로 치고 도망갔습니다."

옥황상제의 얼굴빛이 푸르게 변했다.

"이런 괘씸한! 은비에게 접근하려고 멀쩡한 사람을 차로 치고 달아나다니! 신의 능력으로 멀쩡한 생명을 해하는 것은 용납 못 한다. 당장 저승할망을 잡아 오너라!"

의심했던 게 사실로 드러나자, 은비는 담임 선생님에게 미안한 마음에 고개를 들 수 없었다. 그때 사장이 몸이 성치 않은 와중에도 힘껏 외쳤다.

"저승할망을 놓치면 안 됩니다! 어떻게든 돌아와서 복수할 겁니다!"

"이번에는 절대로 가만두지 않겠소."

옥황상제와 판관들이 무겁게 고개를 끄덕였다. 저승할망은 포기를 모르는 자라는 것을 모두 알고 있으니 말이다.

옥황상제가 깊게 숨을 내쉬었다. 그의 손에서 도 선생의 범죄 증거 서류가 바스락거렸다.

"삼신할망, 그대를 오해해서 미안하오."

옥황상제의 목소리는 무겁고 낮았다. 주변에 모여 앉은 판관들도 고개를 숙였다. 얼굴마다 죄책감과 후회의 그림자가 내려앉아 있었다. 얼굴에 큰 점이 있는 판관이 입을 열었다.

"생명을 심판하는 자리에서 우리가 생명을 너무 가벼이 다뤘습니다. 삼신할망께 다시 한번 사과드립니다."

사장은 양손을 잠시 꼭 쥐었다가 고개를 천천히 숙였다.

"오해할 수 있지요. 저는 이제 괜찮습니다."

옥황상제가 자리에서 일어나 사장 앞으로 다가갔다.

"오랜 세월 맡아온 삼신할망의 자리를 계속 지켜주세요."

사장도 고개를 끄덕였다.

"감사합니다, 옥황상제님. 그런데 이 아이를 얼른 인간 세상으로 보내야 합니다. 지금 돌아가지 않으면 안 됩니다."

옥황상제의 얼굴이 굳어졌다.

"삼신! 이를 어쩌지요? 저승과 이승을 연결하는 통로가 망가지지 않았습니까? 내일 오후나 되어야 수리가 끝날 텐데요. 그때까지 박은비는 저승을 벗어날 수 없습니다. 우리 신들 또한 이승으로 내려갈 수 없으니까요."

사장이 무언가를 생각하듯 이마를 찡그렸다.

"저한테 방법이 있습니다."

"그게 무엇이오?"

"혹시 '노각성자부줄'이라고 기억하십니까? 아주 옛날 제가 처음 삼신할망이 되었을 때, 이승과 저승을 오갈 때 이용하던 줄 말입니다. 그 끝에 두레박을 묶어서 타고 다녔지요."

"노각성자부줄이요? 명주실을 여러 겹 꼬아서 만들었던 그 줄 말입니까?"

"네, 맞습니다. 저승과 이승을 연결하는 터널이 만들어지면서 오랫동안 사용하지 않았는데 그걸 이용하면 어떻겠습니까?"

옥황상제가 잠시 눈을 감았다 뜨며, 어렵겠다는 투로 말했다.

"수천 년 동안 한 번도 쓰지 않았어요. 줄이 많이 삭았을 겁니다. 도중에 끊어지기라도 하면 저 아이의 영혼은 이승과 저승 그 어디에도 안착하지 못한 채 떠돌아다녀야 할 겁니다."

사장이 은비를 바라보았다. 은비는 무엇을 묻는지 눈빛만으로도 알 수 있었다.

"갈게요. 0.1퍼센트의 가능성이라도 있다면, 전 시도해 볼 거예요. 여기서 제 육신이 죽기를 가만히 기다리진 않을 거예요."

옥황상제가 두 손으로 옷소매를 조용히 쓸었다.

"좋소, 삼신. 우리를 노각성자부줄이 있는 곳으로 안내하시오."

삼신은 그곳으로 모두를 데리고 갔다.

15. 넋 들라!

  그곳에는 커다란 버드나무 한 그루가 서 있었고, 그 옆에는 끝을 가늠할 수 없는 깊은 우물이 있었다. 우물에 드리운 밧줄은 이미 반쯤 썩은 듯 고약한 냄새를 풍겼고, 끝에 매달린 두레박은 이곳저곳이 부서져 제대로 된 곳이 없었다. 밧줄은 우물 속 어둠을 향해 길게 늘어져 있었고, 마치 이승의 샘 어디까지라도 닿을 것처럼 아득해 보였다.

  "여기에 올라타라."

  사장이 커다란 두레박을 가리켰다. 은비는 주저함 없이 두레박 위로 올라갔다. 사장이 은비의 손을 꼭 잡았다.

  "은비야, 꼭 살아 내거라. 가는 길이 쉽지 않겠지만."

  수림도 은비에게 인사를 건넸다.

  "잘 가, 소중한 동료 알바."

  긴장을 풀어주려는 것이 역력한 이 말에 은비도 슬쩍 미소 지었다. 같이 편의점을 지켰던 게 아주 오래전 일인 것만 같았다.

"수림 아저씨! 영원히 기억할게요."

은비가 마지막 인사를 했다. 잠시 후, 은비가 탄 두레박은 천천히 이승을 향해 내려갔다. 두레박은 저승의 물길을 벗어나 이승의 빛줄기를 따라 아래로, 아래로 내려갔다.

은비가 탄 두레박은 달빛 같은 빛 속으로 조용히, 아주 조용히 이승 쪽으로 내려가고 있었다. 두레박 안에 누운 은비는 가늘게 숨을 토하며 깜박깜박 눈을 떴다.

'엄마한테 말해야지. 나를 낳아줘서 고맙다고.'

은비는 품속의 환생 꽃을 쓰다듬었다.

그때였다.

검은 연기 같은 무언가가 허공 위로 스멀스멀 피어올랐다. 그 그림자 속에서 부채를 든 도 선생이 얼굴을 드러냈다.

"악!"

너무 놀란 은비는 숨쉬기도 힘들었다.

"여긴 어떻게 왔어요?"

"나는 저승할망이야. 저승의 음지는 모르는 곳이 없지. 그리고 이런 것, 나한테는 너무 쉬워."

도 선생이 비웃듯 노각성자부줄을 쳐다봤다.

"이렇게 낡고, 곰팡이 슬고, 허름한 곳에 너를 태우다니. 삼신도 참 무책임하다. 너 혼자 내려보냈다가 무슨 일을 당할 줄 알고."

15. 넋 들라! **149**

그러면서 혀를 끌끌 찼다.

"선생님만 저를 가만 놔두시면 돼요. 그러면 아무 일도 일어나지 않을 거라고요. 제발요. 이제 그만, 저를 포기하세요."

"훗! 넌 나를 물로 봤어. 네가 저승에 온 첫날, 내가 보여줬잖아. 모래 온실 말이야. 나는 지고는 못 살아."

도 선생이 품 안에서 검은 돌로 만든 칼을 꺼냈다. 손잡이는 뭉툭했지만, 날 끝은 날카로웠다.

"안 돼요! 그러지 마세요. 선생님, 제발요!"

"은비야. 나는 너한테 많은 기회를 줬어. 네가 나를 도와주면 좋은 집으로 환생시켜 준다고 약속했잖아. 그런데 왜 나를 믿지 않은 거니? 이 일은 네가 자초한 일이다. 나를 원망하지 마라."

검은 칼이 노각성자부줄에 닿았다. 놀란 은비가 도 선생을 향해 몸을 날렸다.

"하지 마요! 하지 말라고!"

칼을 뺏으려는 은비와 지키려는 도 선생 사이에 몸싸움이 시작됐다.

"칼 내놔요! 당장!"

은비가 도 선생의 손목을 강하게 움켜쥐었다. 하지만 도 선생의 긴 손톱이 은비의 손안으로 파고 들어갔다.

"으악!"

극심한 고통에 은비가 소리를 질렀다. 둘은 서로를 향해 주먹을 날리고, 손목을 비틀고 꺾었다. 일순간 도 선생이 은비를 밀쳤다. 은비도 무릎으로 도 선생의 배를 힘껏 차올렸다.

"억!"

도 선생이 배를 움켜쥔 채 두레박 바닥에 주저앉았다.

"그러지 마요. 제발!"

은비가 칼을 빼앗으려는 순간, 도 선생이 어느새 폴짝 뛰어오르더니 그대로 칼을 휘두르고 말았다.

툭!

노각성자부줄이 끊어졌다.

놀란 은비가 위를 쳐다보니 도 선생이 저승과 연결된 줄의 윗부분을 붙잡고 있었다.

"잘 가라, 박은비!"

도 선생의 비웃는 소리와 함께 은비가 탄 두레박이 아래로 떨어지기 시작했다.

끊어진 두레박은 중력가속도가 붙으면서 어마어마한 속도를 내며 수직 낙하했다. 두레박 안의 은비는 피부가 찢어지고, 심장이 밖으로 나가는 느낌에 숨을 쉴 수가 없었다. 몸속 장기가, 뼈가, 살이 뜯기고 부러지는 고통에 은비는 정신을 잃을 것 같았다.

'안 돼! 이대로 죽을 수는 없어! 엄마한테 가야 해!'

은비는 정신을 부여잡으며 어떻게든 버티려고 했다. 하지만 피가 거꾸로 역류하고 몸속 장기가 부풀어 오르며 터져 버릴 것 같은 고통에 참지 못하고 비명을 질렀다.

"으악!"

두레박 아래로 까마득한 어둠이 은비를 향해 입을 벌리고 있었다. 이대로 가면 이승의 어느 산에 어마어마한 속도로 부딪혀 은비의 영혼조차 조각조각 흩어질 것 같았다.

'이제 끝인가!'

은비의 눈에서 체념과 공포의 눈물이 흘러나왔다.

한편, 저승 우물가에 모여있던 삼신, 수림, 옥황상제, 저승차사들 모두가 이 모습을 보고 발만 동동 구르고 있었다. 이미 줄이 끊어져 버린 두레박은 누구도 손 쓸 방도가 없었다.

그 모습을 보며 간절히 기도하던 사장이 외쳤다.

"저게…… 저게 뭐지?"

희미한 불빛 하나가 저승 하늘로 올라오고 있었다. 자세히 보니 하나가 아니었다. 저승의 빛바랜 하늘을 가득 메우는 그 불빛은 수백 개에 이르렀다.

수림이 눈을 부릅뜨고 외쳤다.

"풍등이다!"

그랬다. 저승의 영혼을 데리고 이승으로 간다던 그 풍등이었다. 자세히 보니 바람에 팔랑이는 얇은 종이에 검은 글씨가 적혀 있었다.

[은비의 넋, 이곳에 들라. 넋 들라!]

또 다른 풍등에도, 또 다른 것에도 수십, 수백 개의 풍등이 은비의 넋을 부르고 있었다. 옥황상제는 믿을 수 없다는 듯 중얼거렸다.

"이승에서 누가 넋을 부르고 있단 말인가?"

그때, 사장이 알겠다는 듯 말했다.

"은비 엄마가 활동하고 있는 싱글맘 카페 회원들이 단체로 풍등을 날려 보낸 것 같습니다."

세상 엄마의 마음은 다 똑같은 걸까? 엄마라는 이름 하나로 다 같이 한 아이를 위해 기도하고 있었다.

풍등 하나가 두레박 근처로 가더니 자석에 이끌리듯 두레박에 찰싹 달라붙었다. 그다음 풍등도 또 그다음 풍등도 마찬가지였다. 풍등이 하나둘씩 두레박에 달라붙자, 추락하는 속도가 점점 느려지기 시작했다.

"됐어! 조금만 더! 조금만 더!"

이 모습을 지켜보면 저승의 모든 신들이 기도하듯 중얼거렸다.

마침내 은비의 영혼이 탄 두레박에 풍등 수백 개가 달라붙었다. 풍등들은 두레박을 아래에서 받쳤다. 멀리서 보면 거대한 하얀 조각배 같았다.

"살았어!"

수림이 간절한 숨을 토해냈다. 그 자리에 있던 판관들도 서로 손을 잡고 팔짝거리며 기뻐했다. 파랗게 질렸던 옥황상제의 얼굴에도 드디어 핏기가 보였다.

두레박 속에서 공포에 떨었던 은비의 입술이 미약하게 움직였다.

"엄마! 나 여기 있어. 지금 가니까 조금만 더 기다려줘."

저승에 있는 신들이 풍등을 향해 모두 간절한 마음으로 숨을 불어 넣었다. 죽음과 생명, 저승과 이승의 경계에서 은비의 영혼은 은비를 응원하는 저승 영혼들의 바람과 함께 안전하게 이승에 도착했다.

은비는 미동 없이 누워있는 자기 몸을 바라봤다. 그리고 품속에서 환생 꽃을 꺼내 심장 위에 올려놓았다. 잠시 후 은비의 영혼은 스르르 몸 안으로 스며들어 갔다. 차갑게 식어버린 은비의 몸에 다시 피가 돌기 시작했다. 심장이 뛰고, 체온도 올라갔다.

엄마는 이 사실을 모른 채 숨죽여 울고 있었다. 검은 양복을 입은 사람이 다가와 엄마에게 물었다.

"장례 절차는 어떻게?"

그때였다. 병원이 쩌렁쩌렁하게 소리를 지른 것은 횟집 아저씨였다.

"미애 씨! 미애 씨! 은비, 은비가!"

"네?"

"은비가 움직였어요!"

엄마의 눈이 휘둥그레졌다. 엄마는 아저씨가 부르는 곳으로 부리나케 달려갔다.

"방금 손가락을 까딱했어요. 내가 봤다니까. 진짜예요."

아저씨의 말에 엄마가 은비를 흔들었다.

"은비야! 은비야! 제발! 엄마 한 번만 봐봐. 은비야. 눈 떠봐."

그 순간, 은비의 눈꺼풀이 움찔했다. 엄마가 놀라서 울음을 터뜨렸다.

"은비야!"

엄마는 은비 얼굴을 매만지며 계속 이름을 불렀다. 그리고 은비가 천천히 눈을 떴다. 마침내 간절히 하고 싶었던 그 말이 은비 입에서 흘러나왔다.

"……엄……마."

엄마는 숨도 못 쉬며 고개를 끄덕였다.

"아이고, 우리 아가. 살았네. 여러분, 우리 은비 살았어요. 우리 은비가 살았어요. 하느님, 부처님. 모두 모두 감사합니다. 전부 다 감사합니다."

엄마는 웃으며 울었다. 사람들한테 자랑하며 울었다. 눈물을 줄줄 흘리면서도 또 웃었다.

아직 여린 은비의 손가락이 엄마의 손끝에 살짝 닿았다. 그

토록 닿고 싶었던 엄마의 손에 은비가 마침내 닿은 순간이었다.
　어느새 창문 너머로 하늘이 조금씩 밝아오고 있었다.

16. 그 후 이야기

깨어난 은비를 헌신적으로 간호한 사람은 횟집 아저씨였다.

"내가 니 손가락 움직이는 거 못 봤으문, 니는 황천행 KTX 탄 기라. 내가 니 생명의 은인인 거 알제?"

아저씨는 '생명의 은인' 소리를 입에 달고 살았다.

"아! 그래서 뭐요? 목말라, 물 줘요. 찬물 말고 미지근한 거. 레몬수도 섞어서요."

구박받으면서도 아저씨는 뭐가 좋은지 생글거렸다.

"생명의 은인한테 뭐 해줄 것 없노?"

"뭐요? 지금 고등학생한테 삥 뜯으세요?"

"아이다. 그기 아이고, 내가 있잖아. 그니까……."

"아! 뭐요? 속 시원하게 말을 해 보세요."

"그니까, 내가, 내가……."

"아이고! 답답해라. 이래서 엄마랑 결혼할 수 있겠어요?"

아저씨의 눈이 커다래졌다.

"니, 알고 있었나?"

"뭐, 대충요."

"우리…… 결혼 몬 한다."

"왜요?"

"그기 말이다. 니가 의식이 없을 때 미애 씨가 그라대. 자기가 나랑 결혼할라고 마음먹은 날 니가 쓰러졌다고. 자기가 나쁜 맘 먹어서 그리된 거 같다고, 결혼하지 말자더라."

그런 일이 있을 줄은 생각 못 했다.

"아저씨는 뭐라고 했는데요?"

"내는 암말도 몬 했지. 미애 씨가 하자고 하면 하는 기고, 안 한다고 하면 몬 하는 기라."

"이래서야, 쯧쯧."

은비가 아저씨의 어깨를 두드리며 말했다.

"엄마는 오랫동안 혼자 살아왔기 때문에 독립심이 강해요. 그러니까 엄마를 존중해주는 척하면서 아저씨의 매력을 보여주세요. 그러면 엄마 마음이 흔들릴지도 모르죠."

아저씨는 은비 얼굴을 빤히 쳐다봤다.

"왜요? 왜 또 쳐다봐요?"

"니, 그 말, 우리 결혼 허락한 기가?"

"헐! 내가 누워있는 동안에 세상이 완전히 바뀌었네요. 과거에는 결혼할 때 부모의 허락을 받았는데, 이제는 자식의 허락을 받아야 결혼이 가능한 시대가 되었군요."

"고맙대이. 참말로 고맙대이."

"뭐가 그렇게 고맙대? 그리고 아빠라고는 안 부를 거예요. 한 번도 안 불러봐서 어색하니까."

아저씨는 호칭이 뭐가 중요하냐고 했다.

"드라마 보면 꼭 나중에 아빠라고 불러야 해피엔딩이 되더라. 촌스럽게. 나는 아저씨라고 계속 부를 거예요. 엄마한테 잘못하면 아저씨는 바로 아웃이에요!"

아저씨가 껄껄 웃었다.

그리고 얼마 후 은비의 엄마가 아저씨랑 결혼했다.

"내가 대학 간 다음에 결혼한다고? 왜? 내가 엄마의 재혼에 비뚤어져서 가출이라도 할까 봐? 엄마가 동생 빨리 안 낳아주면 내가 낳을 거야. 엄마도 고등학생 때 날 낳았잖아. 나도 할 수 있다고!"

그러면서 등짝을 철썩 얻어맞는 날이 많았지만, 은비는 행복했다. 은비의 성격이 밝아지자 늘 은비한테 조심스러웠던 엄마도 점점 더 명랑해졌다.

엄마는 남자아이를 임신했다. 성별이 남자라는 것이 밝혀졌을 때 은비가 말했다.

"동생 이름은 수림이에요. 제가 정했어요."

"수림? 좋은 이름이네. 하하."

아저씨는 작명소에서 받아온 종이를 슬쩍 버렸다.

은비는 엄마의 배에 튼살 크림을 발라주면서 속으로 생각했다.

'수림아, 세상이 만만치 않지만 누나만 믿어. 누나는 인생 2회차야. 저승에서도 살아 돌아온 사람이라고.'

병원에서 회복된 은비가 제일 먼저 찾아간 곳은 이가연의 집이었다. 이가연은 장기 결석을 한 상태였다. 방 안 구석에 웅크리고 앉아 밥도 제대로 먹지 못한 게 역력한 이가연의 모습을 보고 은비는 놀라고 말았다. 이가연도 갑자기 나타난 은비를 보고 놀란 기색이 역력했다.

"너 뭐야? 내 뒷조사했어?"

"네 꿈속에 들어갔다가 나왔다. 됐냐?"

이가연은 갑자기 달라진 은비를 보며 '얘가 죽다 살아났다더니 머리가 어떻게 됐나?' 하는 표정을 지었다.

은비는 집에서 가져온 캐리어에 이가연의 옷을 싸기 시작했다.

"뭐 하는 짓이야?"

"가출!"

"누가?"

"너!"

이가연이 폭발했다. 그러면서 은비의 손을 확 붙잡았다.

"왜 남의 집에서 행패야? 너 뭐라도 돼?"

은비가 이가연의 손을 뿌리치며 말했다.

"너, 임신했잖아."

그 말에 이가연의 얼굴이 순식간에 창백해졌다.

"어, 어떻게 알았어? 아무도 모르는데."

"그냥 찍었어. 네가 학교에 안 나온다고 해서."

"장난치지 마. 진짜로 너, 뭐 알아?"

"사실 이건 우리 가문의 비밀인데, 나는 삼신할망의 36대손이야. 꿈에 삼신할망이 나타나서 말해줬어. 네가 임신했으니까 가서 도와주라고. 이 집에 있으면 너희 아버지가 너를 가만두지 않을 거라고."

이가연의 얼굴에 공포가 번졌다.

"우리 집으로 가자. 엄마가 너 데리고 오래. 전복죽 끓여준다고."

이가연이 주저앉아 울기 시작했다.

은비 집에서 지내던 이가연은 출산을 앞두고 청소년 한 부모를 위한 기관에서 운영하는 그룹홈으로 이사했다. 은비와 은비 엄마가 말렸지만 소용없었다.

"아주머니도 임신하셨는데 저까지 챙겨주시면 힘들잖아요. 그리고 거기에서 검정고시 대비 공부도 가르쳐주고, 취업할 수 있는 자격증 준비도 시켜준대요. 지원받을 수 있는 정보도 자세하게 알려주고요. 저도 이제 혼자 살아가는 연습이 필요하잖아요."

몇 달 사이에 이가연은 많이 단단해져 있었다.

그 후에도 은비는 이가연이 산부인과에 정기검진을 갈 때마다 함께했다. 병원 의자에 앉아 대기하면서 둘은 이러쿵저러쿵 투닥거리며 미래 계획을 함께 세웠다.

"이가연! 너는 복 받은 줄 알아. 괴롭힌 애랑 이렇게 병원까지 같이 가주는 마음 넓은 내가 있잖아. 우리 엄마는 나 낳기 전까지 병원에 한 번도 못 갔대. 그때는 임산부한테 어떤 지원을 해주는지도 모르고, 혹시 간호사나 의사의 눈빛 때문에 혼자 아이를 낳으려는 용기가 사라질까 봐."

가연이가 불룩한 배를 만지며 말했다.

"내가, 이 아이를 잘 키울 수 있을까?"

"그건 나도 모르지. 하지만 우리 엄마가 날 낳았을 때보다 세상이 많이 변했대. 야! 어깨 펴. 너한테 선물 같은 아이야. 이 애가 아니었으면 아직도 술 마시고, 애들 괴롭히고, 쓰레기처럼 살았을걸. 이 애가 너 정신 차리라고 선물처럼 온 거야."

이가연은 이제 술도 완전히 끊었다며, 활짝 웃었다. 심지어 토너와 영양 크림 외에는 얼굴에 아무것도 바르지 않는다고 했다. 피부에 흡수되는 화학 성분이 아기에게 안 좋은 영향을 끼칠까, 걱정된다고 하면서.

병원 대기실에서 이가연은 가방 지퍼를 척 열더니 책을 꺼냈다.

"네일 아트 배워서 아는 언니 숍에서 일할 거야. 튼튼이가 어린이집에 있는 동안에만 일해야 하니까 처음에는 짧게 알바처럼 시작해야지."

이가연이 책에 밑줄을 치기 시작했다. 이가연이 책을 보다니, 세상이 뒤집어질 일이다.

은비는 하늘을 보며 중얼거렸다.

"삼신할망이 제대로 점지했네."

은비는 이 세상에 온 생명은 다 이유가 있을 거로 생각했다. 어른이 되고 모든 준비가 된 타이밍에 딱 아기가 와주면 제일 좋겠지만, 어디 인생이 맘대로 되던가. 우리를 찾아온 생명을 소중하게 지키는 것부터 시작해야겠다고 은비는 결심했다.

저승까지 다녀온 인생 2회차로서 은비는 생각이 깊어졌다. 개명은 하지 않기로 했다. 성형하려고 한 푼도 안 쓰고 악착같이 모아놓은 돈으로 이가연 아기의 배냇저고리랑 딸랑이, 유아차를 샀다. 어린 엄마를 찾아온 아기는 모두가 힘을 합해 키워야 엄마도 살고, 아기도 산다는 것을 어린 시절 이미 경험했으니까.

이가연이 아기를 낳던 날, 은비와 은비 엄마가 함께 분만실에 들어갔다. 은비 엄마가 이가연의 손을 잡으며 말했다.

"내가 은비 낳을 때, 분만실에 혼자 누워서 진통을 참고 있는데 기쁘면서도 슬프더라. 다른 산모들은 다 가족이 있는데 나는 혼자였잖아. 조금만 참으면 나한테도 가족이 생긴다는 사실에 기쁘면서도 그 고통을 나 혼자 감당해야 하는 게 많이 서러웠어. 그때는 너무 어리기도 했고, 세상이 무서웠으니까."

은비는 세상의 모든 엄마가 아기를 낳을 때 혼자가 아니기를, 반드시 누군가 옆에 있어 주기를 바랐다.

"힘내!"

서른세 시간이나 진통을 한 이가연은 더는 힘을 낼 수가 없었다.

"조금만 더, 조금만 더!"

이가연의 손을 꽉 잡은 은비가 외쳤다.

"다 됐어요. 한 번만 더 힘줘요. 옳지, 좋아요. 한 번만 더!"

경험이 풍부한 간호사의 신호에 맞춰 이가연이 마지막 힘을 줬다. 이미 땀과 눈물로 엉망이 된 얼굴에 실핏줄이 다 터진 눈까지. 이가연은 죽을 것 같은 목소리로 말했다.

"못 하겠어요! 더는 못 해!"

이가연이 완전히 지친 얼굴로 흐느꼈다.

"야! 너, 엄마잖아! 이가연은 못 하지만, 엄마는 할 수 있어! 튼튼이가 기다린다고! 빨리 힘줘!"

은비의 재촉에 이가연이 고개를 들면서 마지막 힘을 쥐어짰다.

"아~~~아~~~악!"

이가연이 이를 악물었다.

"좋아요. 아기 거의 나왔어요. 마지막! 한 번만 더! 힘줘요! 좋아요! 계속 힘주고 있어요. 힘 빼지 말고! 더, 더, 더!"

그 순간, 분만실 안에 작은 울음소리가 울려 퍼졌다. 드디어 아기가 태어났다.

"가연아! 너 엄마 됐어! 나는 이모 됐고!"

누군가의 끝이라 여겼던 자리에 새로운 생명이 시작되었다.

은비는 깨달았다. 생명이란, 사랑이 흘러가야 할 다음 사람을 찾아가는 일이라는 것을. 엄마가 자신을 품었고, 이제 가연이가 튼튼이를 낳았다. 이 작고 소중한 존재가 세상에 나온 그 순간, 은비는 알 수 있었다. 자신이 태어난 이유 또한 누군가의 마지막을 이은 시작이었다는 것을.

"아유, 엄마가 어린데도 아주 잘했어요. 장해! 아주 장해!"

따스한 간호사의 칭찬 속에 이가연의 눈에서 하염없이 눈물이 흘러나왔다.

은비가 아기를 보려고 고개를 돌린 순간, 어떤 여자가 분만실을 빠져나가는 게 얼핏 보였다. 그런데 옆모습이 눈에 익었다.

'사장님?'

은비는 여자의 입가에 미소가 살짝 걸쳐 있는 것을 똑똑히 보았다. 미역국 냄새가 꽃향기처럼 은은히 분만실에 퍼져 나갔다.

리턴 매치

발행일 | 2025년 9월 10일 초판 1쇄
지은이 | 노수미
펴낸이 | 장영훈
펴낸곳 | (주)이츠북스
책임편집 | 고은경
편집 | 김영경, 주순옥, 황경순
마케팅 | 남선희, 최지민, 김정빈
디자인 | 디자인글앤그림

출판등록 | 2015년 4월 2일 제2021-000111호
주소 | 서울특별시 강서구 화곡로 416, 1715~1720호
대표전화 | 02-6951-4603
팩스 | 02-3143-2743
이메일 | 4un0-pub@naver.com

홈페이지 | www.4un0-pub.co.kr
SNS 주소 | 페이스북 www.facebook.com/saungonggam
　　　　　　　인스타그램 www.instagram.com/saungonggam_pub
　　　　　　　블로그 blog.naver.com/4un0-pub

ISBN | 979-11-94531-20-3 (43810)

※ 이 책은 저작권법에 따라 보호를 받는 저작물이므로 무단 전재와 무단 복제를 금합니다.
※ 이 책 내용의 전부 또는 일부를 사용하려면 반드시 저작권자와 사유와공감의 허락을 받아야 합니다.
※ 잘못되거나 파손된 책은 구입하신 서점에서 교환해드립니다.
※ 책값은 뒤표지에 있습니다.

사유와공감은 (주)이츠북스의 출판 브랜드입니다.

> **사유와공감**은 독자 여러분의 책에 관한 아이디어와 원고 투고를 기쁜 마음으로 기다리고 있습니다. 책 출간 아이디어가 있으신 분은 이메일 **4un0-pub@naver.com** 또는 사유와공감 홈페이지 '작품 투고'란으로 간단한 개요와 취지, 연락처 등을 보내 주세요. 여러분을 언제나 응원합니다. ♡